感情化する社会

大塚英志

太田出版

感情化する社会

目次

第一部 感情化する社会

第一章　感情天皇制論

「お気持ち」によって直結する天皇と国民

現行天皇が二〇一六年八月八日、生前退位について「お気持ち」を表明したことと、そしてそれに対する「国民」の反応は図らずも本書の主題である「感情」という問題を明確化してくれる出来事だった。つまり「感情化」と本書が便宜上呼ぶ事態が天皇制に及んだのである。

しかしそれは天皇が感情的にふるまった、ということを意味しない。本稿のなかでいずれ明らかになるが、「感情化」とはあらゆる人々の自己表出が「感情」という形で外化することを互いに欲求しあう関係のことを意味する。理性や合理でなく、感情の交換が社会を動かす唯一のエンジンとなり、何よりも人は「感情」以外のコミュニケーションを忌避《きひ》する。つまり「感情」しか通じない関係性からなる制度を「感情化」と形容するものだ。この現象は、ただ感情的でしかないこの国の首相や彼に対するこの国の人々の、ぼくにはこの現象は、ただ感情的でしかないこの国の首相や彼に対するこの国の人々の、ぼくには不可解な「共感」にも見てとれる。だとすれば、ここで何より問題にしなくてはならないのは、なぜ、今回の天皇の意思表示が従来の天皇の公的発言で用いられてきた「おことば」でなく、「お気持ち」という呼称で表明されたのか、という点にある。そもそも、宮内庁のＨＰなどでは、今回の「お気持ち」の全文掲載に当たっては慣例にしたがって「おことば」と表現されているが、リーク報道では最初から「お気持ち」の表明として演出されたことは新聞報道がｗｅｂで検索可能な時代だから各自が確認すればいい。

そして次に注意すべきは、その「お気持ち」に対する「国民」の圧倒的な「共感」である。例えば八月一一日に読売新聞がおこなった世論調査では九三パーセントの人が「良かった」と解答している。そもそも「お気持ち」表明に先立って生前退位の意向がＮＨＫによってリークされた直後の八月四日の共同通信の世論調査では八五パーセントが「容認」と報じられているが、それは天皇の意向が近日中に「お気持ち」という形式で表明されることがリーク後の早い段階で憶測記事の形で報じられていたことと、やはり関わりあう問題である。今回の天皇発言は「お気持ち」としての形式をまとい、結果、天皇の感情の表出として受け止められた。そして、天皇と国民が感情によって直結してしまったことに対して政治の側はいささか困惑しているように思えもする。事実、野党はこのような「お気持ち」と「国民」の「共感」に対して異議を唱えず、当初は慎重であった与党も生前退位に向けた法整備を検討せざるをえなくなった。産経新聞は「お気持ち」表明直後に「「生前退位」可能となるよう改憲「よいと思う」八割超、FNN世論調査」という見出しでこれを報じ、天皇の「お気持ち」を可能にするために憲法改定が必要だ、という世論づくりを試みているのがかえって目につく程だ。

退位を可能にするスキームが今回に限った時限立法の制定にとどまるのか、皇室典範、そして憲法改定まで進むのかは現時点では不明だが、天皇の「お気持ち」を周囲の人々が忖度《そんたく》し、更にそれを公表し、政治が現実に動いてしまうことは、戦前・戦時下における天皇の政治利用の典型的な手法と一見、よく似ている。忖度、というのは言外の意味を受け手が恣意的に解釈し、天皇の意向を威として行動することだが、かつての天皇の悪しき政治利用においては「忖度」がそのときの政治権力に利用された。しかし今回は「お気持ち」が天皇によって示され、ときの権力ではなく、国民がいっせいに忖度し、それによって政治が動かされる、という事態が起きている。その点で特異である。

言うまでもなく、天皇の「お気持ち」が、この先、憲法を含む法制度を動かした時点で、それは憲法が禁じた天皇の政治への介入となる。この前例を許してしまうと、天皇の「お気持ち」がほかの領域でも政治を動かす前例になる。ぼくはその一点で、天皇の今回の行為は肯定できない。安倍政権の憲法解釈の恣意的な変更以降、私たちは憲法が国家や「公《おおやけ》」を縛る規範であることに鈍感になっている。「公」にあるものは、自らが恣意的な憲法解釈をすべきではなく、その意味で天皇もまた憲法に縛られる公的存在であることは忘れるべきではない。憲法に規定されている以上、天皇も憲法を超越すべきでないい。

このようなぼくの基本的立場をまず明示した上で、産経新聞のあからさまな改憲誘導とは別に、憲法改定で天皇の「君主」化を目指していたはずの安倍政権や、それを支援する日本会議など、右派の人々の困惑に注意したい。論壇なるものを遠く離れて長いぼくは、政治の内情についていまや何も知りうる立場にないから、生前退位の意向のニュースを聞いて、当初は、安倍政権はそこまでするのか、とまず思った。つまり、これまでの発言を振り返ったとき、護憲的な立場を表明してきた現天皇や、右派のメディアであからさまに批判されている皇太子から、その次、更に次へと皇位の移行をスムーズにするために、政権与党に忠実なNHKを使って右派が露骨な世論操作を始めたのだ、と思った。だが、どうやらそうではないことは、政府などの対応からうかがえる。

そもそも右派が目論んできたのは強い天皇の権威を自らが利用することで、「忖度」とはときの政治権力がそれを行使することにこそ都合のいい意味がある。ところが、今回、天皇は権力に「お気持ち」を忖度させなかったのである。現行天皇は政治権力を抜きにして天皇の「お気持ち」を国民が直接「忖度」する関係をまずつくってしまった。

このように天皇の「お気持ち」が国民全体にシンクロニシティを呼び起こすあり方に対して、それをどう評価すべきなのか。

これに対しては、戦後史的には象徴天皇制の完成であり（しかし、ぼくは右派とは違う立場からこれを肯定しない。天皇制は断念されるべきだ、というぼくの立場はとうに表明済みである）、そして世界史的な文脈でいえば、世界中で進行中の「反知性主義」（ということばもぼくは好まない）のその先の事態の最も極端な例である、ということに尽きるだろう。それらの事態を包摂する形でぼくは現行天皇のもたらしたこの現況をひとまず「感情天皇制」と呼ぶ。

現在の日本において、左派の立場から言えば、安倍政権や日本会議が北米のティーパーティーやヨーロッパの極右政党に相当する反知性主義的な政治勢力だ、という見立てはおそらく間違ってはいないだろう。しかし、イギリスのＥＵ離脱が国民投票で実現し、その結果にEUからの独立を訴えた政治家たちがうろたえ、トランプがティーパーティーさえ置き去りにして、共和党候補になってしまったように、民意が政治勢力としての反知性主義グループを置き去りにする、という事態が新たに見られる。その点で政権与党やそのバックボーンにある日本会議的な右派を、「お気持ち」と国民感情が一体化することで置き去りにしてしまった今回の事態も同様の現象だといえる。知性と権力の結びつきを嫌悪する感情を利用して政治に影響力を持ちえた旧「反知性主義」勢力を抜きにして、感情が権力抜きで国民化してしまっているのである。それが右派左派どちらに傾斜するかよりも、反知性主義さえも置き去りにされる「感情」的な政治選択がなされうるリスクのなかにいま、世界も、その一部としての日本もある。

このような「感情」が私たちの価値判断の最上位に来て、「感情」による「共感」が社会システムとして機能する事態を本書では「感情化」と呼ぶ。「感情」という語は単に権力者や、あるいは人々の政治選択が「感情的に見える」という意味ではない。そしていまさら、と思えるだろうが、アダム・スミスからぼくはこの語を復興させることにする。

少し前まで「感情的」であることはネガティブな意味であり、理性や道徳がこれを規するという考え方がごく普通にあった。そのひどく自明なあり方をわざわざ近代の始まりにおいて体系化したのが、アダム・スミスの『道徳感情論』である。そこでは他人の「行為」や「感情」への「共感」が社会構成の根幹に据えられる。しかし、それは「私」の「感情」と他人の「感情」を直接、「共感」させるのではなく、自分のうちに「中立的な観察者」を設け、それが自分や他人の「感情」や「行為」の適切性を判断する基準を形成するという手続きをとる。それが結果として規範、つまりは「道徳」を形成していく。

このようにアダム・スミスは自明のこととして「感情」が適切な回路を通じて「道徳」化することを疑わず、その過程を検証した。久しぶりに（高校の「倫社」の授業以来だ）読み直したアダム・スミスのこの著が、後で少しだけ触れるように、柳田國男の思考を彷彿とさせ、一定の説得力があることに改めて驚くが、問題なのは、このような回路がいまや失われた、という点だ。その意味で「感情化」とは、「感情」が「道徳」（広義の規範や公共性）を形成する回路を失った事態を指すと言ってもいい。アダム・スミスのあまりに有名な経済における「見えざる手」も、一人の人間のなかに、感情的に自己利益を追求し、「財産への道」を往こうとする「弱い人」（weak man）と、そうではなく、自分にも他者にも倫理的な「徳の道」を往こうとする「賢者」（wise man）がいて、両者の均衡によってそれはもたらされる、と読むのが妥当だ。前者のみが機能するのが新自由主義であることは言うまでもない。新自由主義とは本能的という意味においては「感情」的なのである。

このように、スミスにしたがえば、いまの私たちはただ、「感情」的であり「共感的」

である。しかし「中立的な観察者」が私たちの心のなかにはいない、ということになる。そしてこの「中立的な観察者」抜きでは「感情」はただ互いに「共感」し合い、巨大な「感情」となってしまうだけである。

言うまでもなく、この内的な観察者は政治やメディアや文学といった形で「外化」され、制度化してきた。「知性」と呼ばれるものもそうだろう。しかし、それらが現に機能不全に陥っていることは言うまでもない。既存のメディアが第四の権力としての信頼性を失ったのも、自ら「感情」化したからにほかならない。そして感情的な政治や感情的なメディアや感情的な文学や感情的な知性がいまやあふれている。

確かに「共感」によって人は結びつく。それが人間の社会構成の基本的なエンジンであることは、「ミラーニューロン」という他人の感情を汲みとり共感する神経細胞が発見されたことに、ある程度裏づけられているという主張さえある。実際、ミラーニューロンをアダム・スミスと結びつけるコメントは近年刊行されたアダム・スミスの新訳の文庫や、入門書の新書のあとがきに共通して見られる。

しかし「共感」に対して批評的であること、あるいは「共感」できない感情や行動（つまりは「他者」）をどう理解していくかという手続きを放棄して、「共感」が直接「大きな感情」（とでもひとまず呼ぶ）に結びついてしまうと、そこに出来上がるのは私たちが本来設計すべきだった「社会」なり「国家」とは異質のものとなる。それは社会や国家ではなく、「感情」が共振し、あるいは融解した何ものかである。

庵野秀明がかつて前世紀に描いてみせた、自他の心的境界が人類レベルで消滅する人類補完計画のような世界が、虚構としてではなく、私たちの生きる世界の具体的な形としていまやある。

感情天皇制とはその現在形の一つである。

感情天皇制の起源としての玉音放送

このような「感情化」と象徴天皇制の結びつきについて、つまり、感情天皇制とは象徴天皇制の到達点だということについて、まず、整理しておきたい。象徴天皇制の出発点を制度としては戦後憲法に見出すのは当然だが、天皇の「感情化」はそれより前、一九四五年八月一五日の玉音放送にさかのぼれる、と言える。

この玉音放送で注意すべきは、それが国民との関係を「共感化」するものであった、という点だ。

まず昭和天皇は自らの政治的判断に対して「東亜ノ解放ニ協力セル諸盟邦ニ対シ」、まず「遺憾の意」を「表明」し、次に国民に対してこう述べる。

朕ハ帝国ト共ニ終始東亜ノ解放ニ協力セル諸盟邦ニ対シ遺憾ノ意ヲ表セサルヲ得ス帝国臣民ニシテ戦陣ニ死シ職域ニ殉シ悲命ニ斃レタル者及其ノ遺族ニ想ヲ致セハ五内為ニ裂ク且戦傷ヲ負ヒ災禍ヲ蒙リ家業ヲ失ヒタル者ノ厚生ニ至リテハ朕ノ深ク軫念スル所ナリ惟フニ今後帝国ノ受クヘキ苦難ハ固ヨリ尋常ニアラス爾臣民ノ衷情モ朕善ク之ヲ知ル然レトモ朕ハ時運ノ趨ク所堪ヘ難キヲ堪ヘ忍ヒ難キヲ忍ヒ以テ万世ノ為ニ太平ヲ開カムト欲ス

「臣民ノ衷情モ朕善ク之ヲ知ル」、つまり国民の「感情」を私はよくわかっている、と昭和天皇は国民へ「共感」を表明するのである。だから国民もまた「堪ヘ難キヲ堪ヘ」る私の気持ちをわかってほしい、と訴える。このように玉音放送は天皇の国民への「共感」と国民からの「共感」をともに求めている。理性や論理による説得ではない。現行天皇の「お気持ち」と実は全く同じロジックがすでに用いられていることは、ここから戦後の天皇制が始まった一つの証左にはなろう。

しかし同時に昭和天皇は国民の「感情」に対してこうも述べている点だけは留意してお

く。

夫レ情ノ激スル所濫ニ事端ヲ滋クシ或ハ同胞排擠互ニ時局ヲ乱リ為ニ大道ヲ誤リ信義ヲ世界ニ失フカ如キハ朕最モ之ヲ戒ム

「情ノ激スル所濫」であること、つまり「感情」の理性的な抑制を「国民」に求めているのである。これは昭和天皇が「感情」を客観視する理性や倫理の代行者として同時にふるまおうともしている、と理解していい。天皇と国民が感情を互いに理解し合う一方で、同時に感情の暴走への中立的な審判者に彼はなろうとしていた。「感情」が理性に転じ、それが国際社会と共有される規範になることを暗に求めているようにさえとれ、ここから憲法前文の「国際社会において、名誉ある地位を占めたいと思ふ」という一節はそう遠くない。国際社会において国家の感情を外部で律する規範は、アダム・スミスの『道徳感情論』の後半で展開されることであり、機能しなかったとはいえ、そのような国際規範をつくろうとする機運は「戦前」にすでにあった。昭和天皇の「玉音放送」と戦後憲法の連続性はもう少し広いスパンをとると、実は見えてくると言える。

それに対して、現行天皇の「お気持ち」が、戦後憲法の定める象徴天皇制の解釈であることは、今回の「お気持ち」の表明が「象徴としてのお務めについての天皇陛下のおことば」と宮内庁の公式ＨＰに掲載されていることでも何より確認できる。それはぼくの忖度、つまり推察ではなく、事実としてそう題され、そしてこう発言が記されている。

> 即位以来、私は国事行為を行うと共に、日本国憲法下で象徴と位置づけられた天皇の望ましい在り方を、日々模索しつつ過ごして来ました。

自分の天皇としての在位の日々は象徴天皇制の模索と実践であった、と彼はまず言い切る。この点で現行天皇は戦後憲法の実践に真摯であった例外的なパブリックサーバントとしてあった、と言える。そして、そのような立ち位置から彼は自らの考える象徴天皇制を表明するのである。

このような天皇自身による憲法解釈の表明は、現行憲法下では大きな逸脱であるはずだからこそ、「お気持ち」で繰り返される「政治」的発言にならないようにという危惧は、発言の結果、何らかの法の改定がなされることへの危惧より、天皇自らが憲法解釈をおこなうことに対してのエクスキューズであったと考えられる。

それでは、「お気持ち」が、天皇による天皇条項の「解釈」である、ということを踏まえて、彼の発言をいま少し読み解いていく。

私が天皇の位についてから、ほぼ28年、この間《かん》私は、我が国における多くの喜びの時、また悲しみの時を、人々と共に過ごして来ました。私はこれまで天皇の務めとして、何よりもまず国民の安寧と幸せを祈ることを大切に考えて来ましたが、同時に事にあたっては、時として人々の傍らに立ち、その声に耳を傾け、思いに寄り添うことも大切なことと考えて来ました。

在任中、自分は「我が国における多くの喜びの時、また悲しみの時を、人々と共に過ごし」「人々の傍らに立ち、その声に耳を傾け、思いに寄り添」ってきた、そしてほぼ「全国に及ぶ旅」をしてきた、とその自ら解釈した象徴天皇像に忠実であったと自負を語る。

ここで示されているのは国民の「感情」を受け止め共感し続けた自己像であり、自身の高齢化や昭和天皇崩壊の際の混乱にさえ言及する。そして、その「思い」「気持ち」が「国民の理解を得られることを、切に願っています」と言い、一礼する。

その結果、天皇の「お気持ち」への「共感」が成立したのである。

しかし、この「おことば」に宮内庁が公的に付した題名を含め、発言を理性的に読めば、現行天皇は自ら象徴天皇制を憲法解釈し、その上で、老いなどによって彼の考える象徴天皇が一時的に機能不全に陥ってしまうことを危惧していることは当然わかるはずだ。

この「機能」というのは天皇自身が用いたことばである。「重病などによりその機能を果たしえなくなった場合」という言い方で、天皇そのものを「機能」として自ら定義していることはもう少し注意していい。いわば天皇自らが天皇機関説を公言した、とさえ言えるのだ。憲法に定められた象徴天皇というシステムの機能不全のリスクを回避したい、というのがこの「おことば」の論理構成であり、その点でも極めてこれは「政治的」な発言である。

だからこそ、天皇はこの発言自体を個人的なものとまず釈明しなくてはいけない。

本日は、社会の高齢化が進む中、天皇もまた高齢となった場合、どのような在り方が望ましいか、天皇という立場上、現行の皇室制度に具体的に触れることは控えながら、私が個人として、これまでに考えて来たことを話したいと思います。

ぼくがこのエッセイのなかで現行天皇を陛下とも記載せず、敬語も用いないのはぼくの天皇論の昔からのスタンスだが、今回に限っていえば「個人」として彼がおこなった政治的な発言やふるまいに対して、ニュートラルであろうとすれば、こういう書き方が選択されて当然だと考える。無論これは「詭弁」だが、メディアでは天皇に限らず、首相に言及するとき敬語を用いる言説がいまや少なくなく、そのことが政治に対してニュートラルな、そして批評的なことばを案外と困難にしている。

話を戻せば、今回「個人」として彼が政治的な発言をし、しかし、それが「お気持ち」の形をとらざるをえなかったことで、その意図は「お気持ち」の部分でしか受け止められていないというディスコミュニケーションを生んだ。つまり老いたので激務を後進に譲りたい、という「感情」としてのみ受け止められ、象徴天皇制に対する「解釈」そのものはスルーされてしまった。しかも、それは天皇の政治的発言はいかなる形でも認めない、という「国民」の理性的な判断がなされた結果ではない。「象徴天皇制」についての問題提起としては受け止められず、彼の語る象徴天皇観を妥当とすべきか、あるいは右派の一部が望む「君主」として再定義すべきか、あるいはぼくが考えるような天皇制を廃止すべきかを含めた憲法の天皇条項を根本から見直すべき議論は起きない。

しかし、天皇の発言が象徴天皇制を「共感」や「感情」の問題として定義したことの問題はもう少し考えてもいい。

天皇自身が「おことば」内で二度、繰り返しているように、現行憲法は天皇の政治介入を禁じている。しかも戦後憲法はその一方で明治憲法のような「国家」そのもの、つまり「国体」としての天皇ではなく、「国民の統合」、つまり社会なりパブリックなものの「象徴」として天皇を定義した。「国家の統合」でなく「国民の統合」という差異は重要で、それは戦後教育にＧＨＱが持ち込もうとした「社会」や「公共」との関わりで理解しなくてはいけない。いわば天皇を民主主義の装置としたのである。

いま、ここでそのような西欧型の民主主義の是非について論じるつもりはない。ぼくは民主主義システムがいくら罵倒されようが、現状はそれ以外の選択肢は誰も示せていない以上それを維持するしかないと考える。民主主義を「嗤《わら》う」ことは誰にでもできるが、実行する努力には多くの人は怠惰だ。その列に加わる気はない。

しかし、そのような民主主義の不徹底を含め、戦後の日本が「社会」なり「公共性」を自らつくり上げていくことに失敗した要因の一つは、象徴天皇制があらかじめパブリックなものの形成を「天皇」というシンボルに委ねる制度にある、ということはやはり指摘しておく。本来であれば、自ら合意を形成した理念の「象徴」として天皇を定義する責任が、戦後憲法下の「国民」には求められていた。

他方、天皇は自ら「象徴」を「機能」と定義していたことが今回、明確になった。天皇が憲法の定めた「国民の統合」の「象徴」として「機能」しようとすれば、政治的言動を禁じられている以上、彼はただひたすら国民の「感情」に「共感」し続けることしかできない。政策に関与できない以上、選択肢はそれしかないのだ。このような天皇像に対して「国民」もまた自分たちの「感情」を汲みとることのみを「天皇」に求めた。それは自らの「合意」を天皇に表象せしめることに怠惰であったことと同義である。このように、現行天皇の真摯さと国民の怠惰の上に象徴天皇制は成立しているとさえ言える。

天皇が非政治的にパブリックなものの形成に関与しようとすれば、感情への共感という手段をとらざるをえない。だから国民は結局、「感情」的にしか「統合」しえていない。そのことはいちいち立証せずとも、ちまたにあふれ返る「絆」や「キモチ」といった語のうんざりする氾濫にも、二〇〇〇年代に入ってからポピュリズムを煽動してきた右派の人々のなかからでさえ、「右」のポピュリズムに対する脅えが語られるようになったことにも見てとれるだろう。

「感情」のみによる国民統合が抑止できなくなっているのだ。では、抑止するもの、即ちアダム・スミスの言う「感情」「共感」に対する中立的な観察者はどこに求められるのか。

それは「憲法」である。少なくとも現行天皇はそう表明している。玉音放送では天皇が感情の抑止、つまり理性を求めたが、現行天皇は戦後憲法の象徴天皇像を彼のうちなる「自覚」と表現する。

天皇が象徴であると共に、国民統合の象徴としての役割を果たすためには、天皇が国民に、天皇という象徴の立場への理解を求めると共に、天皇もまた、自らのありように深く心し、国民に対する理解を深め、常に国民と共にある自覚を自らのうちに育てる必要を感じて来ました。

つまり、自分の解釈した憲法の定める「象徴天皇」を彼の内的な倫理にすべく自分は生きてきた、と語るのだ。

「お気持ち」が政治的発言である、とぼくは繰り返し述べてきたが、彼のこの発言は、もう一度確認するが、象徴天皇制への天皇自身の解釈である。彼は象徴天皇制を定めた現行の憲法を行動規範とし、そこから象徴天皇としての機能を導き出し、実行し、そして内在化し、倫理化している。一切の公的なものは憲法によって規定される以上、天皇は自らもその一機能として自己規定し、自らどうあるべきかを内在化してきた。この手続きは正しい。

それに対し、現行憲法をただ感情的に否定するだけで、同様にただ感情的に守るべきと主張するだけで、憲法を行動規範化する手続きを怠ってきたのが戦後史であり、それを内在的な倫理や規範としていく現行天皇のような愚直さを彼以外の人々は大抵は試みなかった。現行の日本社会の多くの問題は憲法や民主主義の問題ではなく、それを実行できなかった問題であることは繰り返し述べてきたが、この国の現在はその怠惰がもたらした当然の結末であり、今後、誰がどう憲法を書き直そうと、この怠惰が繰り返される限り、憲法は「機能」しない。

このように、国民は自分たちの「感情」が天皇に「共感」されることを求め、結果、「国民」は「感情」としてしか天皇の問題提起を受け止められなくなった。憲法を倫理や規範として生きようとした彼を「国民」が理解したとは言い難いのである。それは憲法解釈を「お気持ち」としてしか表出しえない象徴天皇の立場があり、そして、国民はただ「お気持ち」のみを受け止めた。

その絶望的なディスコミュニケーションこそ「感情化した社会」がもたらしたものである。

象徴天皇制の本質は「感情労働」である

このような象徴天皇制に見てとれる「機能」、つまりひたすら相手の「感情」を汲み続ける行為を「感情労働」と呼んだのは北米の社会学者アーリー・ラッセル・ホックシールドである。つまり、象徴天皇制の本質とは「感情労働」にほかならないのである。

ホックシールドはポストフォーディズム的社会、脱工業的社会では「労働」は単純な「身体労働」や「頭脳労働」に対して、「感情労働」という領域が見えない形で成立している、とする。かつてマクドナルドが日本に上陸したとき、メニュー表に「スマイル０円」と記されていたことをどれほどの人が覚えているか定かでないが、マクドナルドのアルバイトはただハンバーガーのレジを打つだけでなく、購入者に対して「快適な客対応をすること」も労働のうちに求められたのである。そのために「スマイル」という感情も「売る」業態が成立する。私たちはいまではすっかりそのことに慣れているから、外国に旅したときの飲食店の「無愛想さ」に愕然とし、日本人の「おもてなし」に自己満足するが、このようなサービスのあり方はマクドナルドやディズニーランドのマニュアルによって八〇年代に日本に概念として持ち込まれた労働形態であることは忘れるべきでない。

先のホックシールドは「感情労働」をこう定義する。


この労働を行う人は自分の感情を誘発したり抑圧したりしながら、相手のなかに適切な精神状態——この場合は、懇親的で安全な場所でもてなしを受けているという感覚

——を作り出すために、自分の外見を維持しなければならない。この種の労働は精神と感情の協調を要請し、ひいては、人格にとって深くかつ必須のものとして私たちが重んじている自己の源泉をもしばしば使いこむ。

（アーリー・ラッセル・ホックシールド著／石川准、室伏亜希訳『管理される心——感情が商品になるとき』世界思想社、二〇〇〇年）

ホックシールドがこう書いたのは一九八三年のことである。彼は飛行機の客室乗務員の「労働」と雇用主による「感情管理」の分析から「感情労働」において雇用者に労働者の感情が管理されることを新しい疎外の形式と考えた。つまり労働者は、「肉体」だけでなく、「心」も労働として管理されるのである。

そして二〇〇〇年代に入ると家事や介護の「感情労働」としての側面が議論として出てくる。

「感情労働」が問題になるのは、一つは個人の内的なものの発露をサービスとして提供することを求められることで、身体どころか精神までが資本主義システムに組み込まれてしまうこと、そしてそれがしばしば無償労働である、ということの二点だ。私たちが日頃接するサービスに対して常にユーザーの評価の形で相手に快適な対応、つまり「感情労働」

を求め、それが点数やコメントとして表出される仕組みになっていることは、働く側にとってもサービスを受ける側も現に日々、経験しているだろう。他方、肉体労働としての作業や身体の拘束、時間の切り売りの対価は払われても、「感情労働」の部分は奉仕的精神的な美徳としてしまうことで曖昧化される。

それと天皇を一緒にすべきでない、という反論は当然あるだろう。

しかし、天皇もまた本来は宗教的な司祭であり、それこそ明治から昭和前期にかけては「神」として定義されていた。だから「国民」はその名残で神聖者としての天皇の「感情労働」を自明のことと思ってそれを彼に要求してきた。事実、天皇は「機能」として国民の感情を快適化することを局面局面で求められ、しかも、政策的提言や実践は許されず、感情労働のみが求められる。例えば被災地におもむき、彼は、感情を汲みとる。しかし、それは復興政策には少しも反映されない。

ぼくはここでだから天皇が政治にコミットすべきだと言っているのではない。そうではなく、彼らの一族をある意味で徒労である「感情労働」からいいかげん解放してしかるべきだ、と言っているだけだ。

そもそも「感情労働」が問題なのは、相手の感情に共感するためには自己の感情管理を、労働者の場合であれば企業から求められ、それが個人の内面を疲弊させ、尊厳さえも損ないうるからである。今日、天皇が「個人として」発言し、その象徴天皇の「機能」に体力的な限界がある、と表明したことは、象徴天皇制が「感情労働」としてのみ成立している、という特異性をようやく私たちに気づかせてくれる。そのとき、彼に「感情労働」を求めるユーザーや「感情管理」を要求する雇用主は誰なのか。私たちはユーザーとしてwebサービスに「感情労働」を求めていることが自明だし、web企業は労働者にそれを求める。だとすれば「天皇」に「感情労働」を求めているユーザーは「国民」であり、天皇に「感情管理」を求めている雇用主も主権者としての国民である。

そもそも皇室の人々は選挙権や職業選択や住居や国籍選択の自由、そして政治的発言が禁じられている点で表現の自由も与えられていない。つまり、憲法下の「人権」の例外規定である。「個人」であることをそもそも禁じられている。その上で「感情労働」のみが求められる。

「感情労働」に対して無償労働や奉仕の精神によって曖昧化されるのは、すでに言及したように、本来、このような他人の感情を慰撫する行為が神やその代理者としての聖職者に求められたからである。しかし、身体に限界がある以上、つまり、人間である以上、そこに限界があると、「個人としての天皇」の所在を彼は表明したのである。そして「個人」としての「お気持ち」の理解を求めたのである。その意味では「お気持ち」は現行天皇の人間宣言であった。

なるほど、それは「人としては」わかる。しかし、そうであれば「人」を「象徴」にして国民全体に対する感情労働に強制的に就かせる制度が正しいのか、もし、それを存続させるとして、今回、主張された象徴天皇制を「機能」としてどう定義し直すか、という問題は、彼の発言が「お気持ち」である限り届かない、という矛盾がそこにある。

そして何よりも皮肉なことに、天皇の今回の「お気持ち」に国民の九割が「共感」する形で全面的に天皇の感情労働に依存する、感情の国民国家とでも言うべきものが象徴天皇制の帰結としていまや完成したのである。

「猿としての日本」の再帰

しかし、それこそが、近代天皇制の予見された完成形であったと言える。

ただし、予見したのは外国人であり、レイシズムとしての日本人論においてである。

ぼくが今回の「お気持ち」問題への「国民」の「共感」ぶりですぐに思い出したのは、明治二四年（一八九一年）にラフカディオ・ハーンが記した「勇子――ひとつの追憶――

明治二十四年五月」というエッセイである。

ロシア皇太子ニコライ二世を滋賀県の大津で警備に当たっていた警察官が突然、切りつけた、いわゆる大津事件への当時の人々の反応を描いたエッセイである。

ハーンは事件直後の反応をこう描く。


「天子様御心配。」天の御子が宸襟を悩ませたもうておられるのである。

町には、いつにない、異様な静けさがあった。万民、ことごとく喪にあるごとき、粛然たる静けさである。物売りの商人《あきんど》さえが、つねよりも低い声で、町を呼びあるいている。ふだんは、早朝から深更にいたるまで、人のわさわさ混雑している劇場も、いまはどこもかしこも閉場している。あそび場というあそび場、見世物という見世物、――活け花の会までが、御停止《ごちょうし》だ。

（中略）

こんな火の消えたような寂しさは、おそらく、大天災か、国家の危機、――たとえば、大地震とか、一国の首府が破壊されたとか、あるいは、宣戦の布告とか、そういった報道でもあったあとにくるものだろう。ところが、そういったことは、いっこうにないのである。ただ、陛下が御心配あそばされているという、公表があっただけのことにすぎない。それだけのことで、国内にある幾千という都邑が、万戸、ことごとく、憂愁の雲にとざされて、上御《かみ》一人とともに、深く国を憂い、もって君臣ともに悲しみを同じうするの微衷を披瀝しているのである。

（小泉八雲「勇子――ひとつの追憶――明治二十四年五月」『東の国から・心』恒文社、一九七五年）

つまり、このとき、事件に心を痛めている天皇に国民が「悲しみを同じうする」という感情の一体化が起きたとハーンは言う。そしてハーンはこの国民と天皇の感情的一体化の美しい挿話として、「勇子」という一人の女性の以下の如き「心」を描くのである。

「天子様御心配。」このお触れを聞いたとき、とっさに、勇子の心に、響きの応ずるごとくにうかんだ考えは、自分もなにか献上したいという、燃えるような願いであった。

（前掲書）

事件直後、ハーンは「ほとんど、国内の各地、津津浦浦にいたる民草から、慰問の書面・電報のたぐい、あるいは、ものめずらしい献上の品品などが、国賓の手もとに献ぜられた。富めるものも、貧しきものも、ともに、家重代の価値ある蔵品、貴重な家宝をとりだして、負傷された皇太子に献上した」（前掲書）とも書く。つまり国民が天皇に替わってロシアに一斉に謝罪の意を表したのだとハーンは理解した。ハーンによれば勇子の心情も同じで、天皇の「感情」に勇子の「心」は「国民」として、共鳴し、そして彼女は自害して、彼女自身をロシアに「献上」する、という行動に出た、という。

その結果、勇子は自死するのである。

それを美しい筆致でハーンは描く。

おそらくいまの日本の人々はこのような日本人像に、明治のころから日本はこのように国民と天皇が心を一つにしていたと「感動」さえするだろう。間違って道徳の教材に使われないことを祈るばかりだ。

しかし、これは明治期の外国人によるレイシズムが生み出した、作られた日本像である。

そもそも大津事件直後のハーンの描いた「静けさ」は、大国ロシアが報復として、日本に侵攻することを恐れてのことだったと当時の新聞記事や記録から判断できる。当時の超大国ロシアに対し「恐露病」とさえ形容される国民的怯えがあったのである。つまり天皇の「お気持ち」に国民が「共感」したのではなく、国民一同、大国ロシアの報復に脅えていたのである。店々が休業したのはいわゆる「自粛」の近代における最初の例であるが、それも、怯えの産物だった。

決して、天皇の憂いや悲しみに国民の心が一つになったわけではない。

勇子のモデルとなった女性も実在したが、実在の勇子は政治を好んで語り、大学で法律を学びたいという希望を持っていたという指摘がなされている。ハーンが描くように、彼女が無私の人であったから純粋に天皇の感情と一体化した、という描写にはそもそも作為が強過ぎるという批判的検証が研究者の間では少なくないのだ。

例えば、この「勇子」がモデルとなった事件を当時の資料と対比した太田雄三は、ハーンの描写の問題点として以下の三点を指摘する。

（一）それが彼女に個人としての性格を付与するようなものをほとんど何も含まないこと、次に、（二）彼女を西洋人とはまるで違うゆえにその内面などはわずかに推測してみることしか出来ない、神秘的な存在としていること、最後に、（三）ハーンがさまざまなところで繰り返した、生者は無数の死者の集合体であるといったドグマにしたがって勇子の内面を描いていることである。

（太田雄三『ラフカディオ・ハーン』岩波書店、一九九四年）

そもそも勇子の描写が問題なのは「個人」としての性格や来歴、そして内面をハーンは剥奪している点に確かにある。「個人」であっては無私の人にはなりえないし、そもそもハーンは日本人のなかに「個」の成立を認めていないのである。

言うまでもなく人間のなかに「個」を認めることで、初めて近代法も民主主義も近代文学も全てが成立する。それをハーンは勇子に、そして、「日本人」に認めない。それをレイシズムだ、という批判は間違ってはいないはずだ。

ハーンはただ勇子の「心」をひたすら「無私」の者として描く。彼女は「私」をもっと集合的な魂に委ねている、と論じる。

自分が死んだのちも、世界はあいかわらず、いままでのとおり美しいままでのこるだろうと考えてみても、べつに、どうといって悲しい気持もおこらない。仏教徒の厭離遁世などという考えも、べつだん、勇子の心を圧してはいない。ただひとすじに、勇子は、昔からある神道の神神に、わが一身をゆだねているのである。

（小泉八雲「勇子――ひとつの追憶――明治二十四年五月」『東の国から・心』恒文社、一九七五年）

おそらく、いまの時代は、この描写に「共感」する人々のほうが多いだろう。日本会議あたりが、これこそが「美しい日本」と平気で言い出しかねない。

しかし、繰り返すが、この一節に人が「共感」するとすれば、ここには彼女の「気持ち」しか描かれていないからである。近代という現実を生き、政治的でさえあった「個人」を、ハーンは一切、描かない。大津事件への彼女の政治的見解、そして法律を大学で学びたい、といった近代の女性として彼女が生きようとした「個人」をハーンの描写は奪いとってしまう。まるで私たちが現行天皇個人の象徴天皇制に対する政治的でもあり同時に彼の経験にも基づく発言をスルーしたように、天皇に「共感」する勇子の「気持ち」しか見ないのである。

それどころかハーンは勇子の「気持ち」を捏造する。つまり「忖度」するのである。事実、ハーンのこのような描写に資料的裏打ちは全くないのである。

しかし、この「勇子」こそがハーンの考える「日本人」であった。

ハーンは、日本人はそもそも「個人」たりえず、生者は無数の死者の集合体であると考えていた。

そのことはハーンの以下の記述のなかにはっきり示されている。

霊魂に関する西洋の旧思想と、東洋の思想との大きな相違は、つまり、仏教には、われわれが伝統的に考えているような霊魂というもの——ひとりでぼーっと煙のように出てくる、あのふわりふわりした人間のたましい、つまり幽霊というものがないことである。東洋の「我《エゴー》」というやつは、これは個ではないのだ。また、神霊派の霊魂のような、数のきまった複合体でもないのだ。仏教でいう「我《エゴー》」とは、じつに、想像もできないような複雑怪奇な統計と合成による数、——前世に生きていた百千万億の人たちについて、仏教がはじめて考えだした思想を凝成した、無量百千万億載阿僧祇という数なのである。

（小泉八雲「前世の観念」『東の国から・心』恒文社、一九七五年）

要するにハーンは日本人の「心」には西欧的な「我」は成立していない、と言っているのである。日本人に「個」は存在しえない、と言っている。だからハーンの描く「美しい日本」に、ぬか喜びしないように指摘するが、このように勇子の「心」に「個」というものを認めず、日本人という集合的な魂と一体であるという日本論の前提には、日本人が進化論的に劣っている、という考え方がある。

ハーンの日本論に決定的な影響を与えたパーシヴァル・ローエルの『極東の魂』がこう主張していることはよく知られる。

もしわれわれが地球の温帯の地域に、その南端と北端が一定の等温線で区切られる一連の地帯を取り上げてみると、その温帯幅の半分ほどの比較的狭い帯状の地域に、過去および現在における名だたる国がほとんど入ってしまう。この地域をよく調べ、その中の各々異なる地域を一つずつ比較して行くと、驚くべき事実が分かるであろう。この地帯に住んでいる民族は西に行くにつれて次第に個性的になって行く。（中略）アメリカ・ヨーロッパ・中近東・インド・日本の各民族はこの順番にしたがって次第に没個性的になっている。われわれはこの物指しの一番手前の端に立っており、極東の民族は一番向うの端に位置する。われわれにとって「自我」が、心の本質を形作る魂とすれば、極東の民族の魂は「没個性」と言ってよいかもしれない。

（パーシヴァル・ローエル著／川西瑛子訳『公論選書8　極東の魂』公論社、一九七七年）

ローエルは修験道についての最も早いフィールドワークを残す一方、火星の運河を望遠鏡で「発見」してしまうような人物である。そういう人物の「日本人論」だ、ということは念頭に置いておくべきだ。ローエルによれば、西欧から極東へと近づけば近づくほど「自我」が未発達だ、という。ローエルは別の箇所では「この民族の進化は、進化の半ばで突然完了してしまった」とさえ記す。

つまり、日本人の「心」は、進化論的に進化が止まった「猿」（とまでは言っていないにしても）状態である、進化論的に劣っている、という考え方が、本人は好意で言っているにしても、ローエルにはあり、ハーンはそれを踏まえているのだ。

言うまでもないことだが、西欧が植民地支配を合理化する当時の根拠は、非西欧的社会が進化論的に劣っているからであり、進化論的強者が進化論的弱者を支配するのは当然だと考えられていたからである。ハーンはそのような進化論的に劣る未開民族としての日本人を愛《め》で、好意を示してくれたにすぎない。こういう日本人観は実のところいまにいたるまで続いていると思うときがある。ローエルのこの考え方が現在にいたるまで日本人論の基調にあるのだ。日本人の集団制や均質性などは、このバリエーションである。動物化するポストモダニズムが日本で最初にやってくるという議論が「西洋」でまたたく間に受け入れられたのも、このような日本人観が暗黙のうちに西欧にはいまもあり、日本人は自我が未成立の猿だから動物化するのも早いと暗に思われているからだ。その猿の文化として「おたく文化」もあると思っている海外の研究者の本音がフランスあたりの学界の議論でたまにちらつくことが現にある。しかし、いまやそれに反論はできない。だからこそ浅田彰の昭和天皇崩御の際の「土人」発言は、感情の国民化が生じかけたことに彼が正確に嫌味を言った証しとしては、やはり評価されるべきなのだ。

このように、ハーンやローエルが描いた進化論的に劣っているから近代的個人が成立しえず、したがって個人の「心」も単独では存在せず、集合的なものであり、それが天皇と「感情」と集合的に共感する、という、この人種的偏見を結局のところ、百何十年かを経たこの国は現実としたのである。繰り返すが、ハーンの描いた大津事件や勇子の描写が「虚構」であることは多くの検証がなされているし、それはハーンたちの無自覚なレイシズムに由来する。だから、「猿」と言われているのに喜んでも困るし、問題なのは私たちがとうとう「猿」になってしまったことにほかならない。

ぼくはこれまで外国人の語る日本像が再帰的に「日本」化されていくことに（いわば再帰的ジャポニズム）注意を促してきた。それは自己像を自ら描きえない国民国家としてこの国の近代がいまにいたるまであった一つの証左でもある。自民党の憲法改定案や日本会議の日本人像が、伝統への回帰でなく、「猿としての日本」の「再帰」であることは注意しておく。

公共性に向かわない「感情」

しかし、当然だが、私たちが「猿」になったことの原因は象徴天皇制のみにあるのではない。

問題はやはり近代を通じて「天皇」に依存しない「公共性」を構築するスキルを持ちえなかったことである。その方策を明治以降、柳田國男が「公民の民俗学」として模索し、それが、スルーされ続けてきた経緯と、しかし、それでも断念すべきでないことはもはや繰り返さない。

だが、これまでの議論の文脈のなかで一つだけつけ加えるなら、すでに触れかけたように、柳田國男の民俗学構想はアダム・スミスの『道徳感情論』に実はかなり近い、ということだ。

スミスは共感についてこう記す。

いかに利己的であるように見えようと、人間本性のなかには、他人の運命に関心をもち、他人の幸福をかけがえのないものにするいくつかの推進力《プリンシプル》が含まれている。

（アダム・スミス著／高哲男訳『道徳感情論』講談社、二〇一三年）


スミスはこの共感を「観察」し、判断し、規範化していく内的な存在を次に仮定することはすでに記した。

　ここで描かれているのは単に感情の同一化でなく、「他者」の理解である。しかし、スミスはそれが人間本来の生得的なものであり、『道徳感情論』のなかで、このような感情から共感、そして観察から規範（つまり公共性）へという道筋をいかにして普通の人々に可能にするかという方策は示されているわけではない。

　対して、柳田はそれを万人が可能にするマニュアルとして彼の「文学」を構築しようとした。明治期、新体詩を捨て官僚になった柳田が、ゾラの実験小説的な「観察」（実験）を主張し、犯罪記録を田山に示し、「同情」を求めたのは、アダム・スミスを踏まえたとき、初めて理解できる。彼の学問が「文学」の次に経済学を名乗ったことも、やがて観察者であることと「内省」が結びつき、結局、「心意」、つまり「集団的な心」の観察を民俗学として方法化しようとしたことも含めて、彼の「文学」の辿った道筋の背後には『道徳感情論』があることが窺える。

　実のところ、アダム・スミスを介して柳田を読み直すことは、ぼくの勉強がとうとう及ばなかったのでこれまで一切言及してこなかった。スミスの放任主義的な自由主義経済に対して柳田は社会政策論的であるという指摘が柳田論では一般的だが、柳田はスミスに立ち戻り、社会政策論をやり直すことで、この国の近代を可能にするツールとして彼の「文学」をつくろうとしていた、と考えるべきだ。言うなれば「見えざる手」を神でなく自らつくり出す「有権者」、つまり「公民」を、具体的マニュアルを以て育成しようとした点が、スミスと柳田の違いである。いわゆる啓蒙思想との違いもこの点にある。

だから、「感情」（心意）から公共的なものを発生させる過程を柳田は、かつての民俗文化のなかに批判的に検証しようとし、そして新たに将来に向けそれを設計できる有権者を育成しようとした。それがぼくのいう「公民の民俗学」である。

柳田がその意味で、社会主義のイデオローグとしての「社会的な小説」ではなく、「社会」を可能にするツールとして、まず自然主義文学を受け止め、それが農政学、農村経済学、郷土研究、民間伝承論、民俗学とその「名」だけを変えていったことの意味はもう繰り返さないが、柳田の頓挫《とんざ》はこのパブリックなものを自力で構築することばの構築運動の頓挫として常にあった。そのような「文学」運動があったことを文学史は忘却している。

その点で一つだけ本書に関わる文学史的問題として指摘しておきたいのは、言文一致体の問題である。柳田はこの文体を他者と他者とのコミュニケーションのことば、パブリックな事柄の形成のツールとして考えていた。だが、この国の近代において成立したのは別の言文一致体だった。それは女性一人称としての言文一致であり、それは言うなれば徹底して「内面化」された文体である。

明治期において女性一人称の成立の過程で、神の視点としての語り手が消える一方で、それは「内面」のみが、つまり気持ちのみが語られる文体が成立する。それは社会や現実などの外部から切断された文体である。だから花袋の『蒲団』において横山芳子の言文一致の手紙には神の視点から「彼」（作家）を書く三人称のなかに配置されねばならず、水野葉舟の『或る女の手紙』では三人の少女の手紙を時系列で配置していくことで観察者としての「作者」を描かずして想起させている。男が客観という「神」であった。女性一人称の言文一致は、そうやって男たちに管理された文体であり、男たちが観察者の視点を女性の言文一致に対して特権的にとったことはジェンダー論の人々がもっと検証すべき問題であるが、それはぼくの仕事ではない。だが、こういった「内面」のみの「文体」、つまり社会や歴史から切断された「文体」が、男である太宰治「女生徒」にいたる「運命」についてては、『「妹」の運命』のなかでも記したし、本書はいわばその後の「運命」を記すことになる。

「内面」化した文体は現在の文学においては「サプリメント化」「太宰治化」という形で

現われるが、それは文学の感情化にほかならない。文学だけでなくポピュラーミュージックの歌詞、ジャーナリズムの「感情化」、そしてTwitterやLINEなど、感情を表出するツールの充実はことばの側面から感情化を推進する。江藤淳的に言えば「行動しない」作家の「文体」というものがあるのだ。

天皇の「お気持ち」が、象徴天皇制に政治から切断された「感情」としてのみ表明されなくてはならなかったのは象徴天皇制の悲劇だが、天皇の「お気持ち」を受けとめ、法の改定をしてしまえば、それは、この先の「感情的な政治選択」へのパンドラの箱を開けてしまうことになる。その先に憲法改定やそれに伴う国民投票という政治日程が控えている。国民投票が感情的な選択以外の一切を求めないことは言うまでもない。

「感情」の外に立つ「批評」

私たちはいまや私たちの表出するものが全て感情としての形式を求められ、そして感情として私たちの前に差し出されたもののみを受けとめる。そのように自らが望み、そうなった。ｗｅｂでも現実でも提供されるサービスの全てが私たちに快適であったか否か、つまり「感情労働」としての相手を評価することが日々求められる。「お気持ち」のみならず、あらゆる「キモチ」が商品として提供されることにユーザー化した私たちは慣れている。そして「感情労働」への評価も「感情」の表出としておこなわれる。「天皇」の「お気持ち」は国民の九〇パーセントの「☆」なり、「いいね！」がついた、ということだ。

その結果、私たちは「感情」に対して理性的でありえることばを政治からジャーナリズム、文学にいたるまでことごとく葬っている。私たちは私たちに心地良い感情を提供することばしか、政治にもジャーナリズムにも文学にも求めず、そのユーザーの要求に彼らはいとも簡単に屈した。

だからぼくは本書で敢えて不快なことばを連ねる。

そのとき、改めて問いかけたいのは、「共感」できない感情は不快である、ということの意味だ。私たちは私たちの内側にその自分の不快さを観察する中立的な第三者を持っていない。だから「共感」できないものへの批判も「感情」の水準でなされる。つまり、他人の「感情」を皆で嗤う、そういう感情の消費が一方で肥大している。例えば号泣議員や小保方晴子の「感情」への執拗な冷笑がその好例だ。彼らの感情があらわになった刹那を一体何千回、この国のメディアはリピートしてみせたのか。だからこそ、この国のメディアは旧メディアもwebもうんざりするほどの「感動」のセールスであふれている。

私たちは感情労働を消費することに慣れ切っているから、被災地になされるのは「勇気」を届けることで、同時に、被災者はそうでない人々に対して「感情労働」を求められる。被災者に対しても支援者は自らが「元気をもらう」ことを求めるほどに貪欲だ。だから、被災者もボランティアも呪文のように互いに「勇気」や「元気」をもらったと繰り返す。それに対して福島に対しても熊本に対しても、復興の政治的選択は「共感」されない。なぜなら、不快なことの多くは「感情」の外にある「現実」だからだ。だから歴史的現実をいまも過度に生きる沖縄は「不快」さの対象となる。そして、相手が自分に「感情労働」を提供しないこと（沖縄の人々が「本土」の人々の感情に対して快適である必要はどこにもない）が、「悪」と見なされ、「反日」と見なされて、「正義」の敵とさえ見なされる。

介護や福祉の対象となる人々は、自分たちに「感情労働」を求めてくるように思えて、それが「正義」に反するという被害者意識さえ生まれる。相模原の大量殺人の背景にあるのはこういう「感情」だろう。あの事件を起こした人物は未だ自分の正義を疑わない。

このように、私たちは無意識のうちに他人に「感情労働」を求め、それがおこなわれない場合や、おこないえない人々を「悪」と見なす。他国に対する態度も同様であり、私たちが他国という他者をどう理解するかではなく、「外国人」が私たちをいかに心地良くしてくれる言動をとるかで判断される。「おもてなし」という「感情」の見返りを求めている。

このような事態は、天皇制や政治や事件だけでなく、日常の小さな積み重ねとして当然である。ｗｅｂのエッセイで、メールの返事の文面のメールが、ある瞬間、「了解しました」ではなく「承知しました」に変わったことの奇妙さについて書いたものを読んだが、「了解」のなかには敬語が含まれていないからというのが理由らしい。日常のなかで人は「感情労働」を仕事においても日常においても求められ、そして求め、そのようなことばのみが日々、規範化していく。

こういった「感情」は、理性的で社会的な経済学の分析や歴史学の集積というよりは、瞬時に「感情的」に理解できるものを好む。それが世界中で進行中の「反知性主義」という、かろうじての「知性」さえ凌駕する「感情」の正体である。その「感情」の前にジャーナリズムも文学も批評も沈黙している。

ぼくは自分としては最後の文芸批評のつもりだった『更新期の文学』において、ｗｅｂ上で再び近代がやり直されるであろうから、文学の水準でもパブリックなものの形成において、このセカンドチャンスとしての近代をどう使うかが重要だと記した。「改憲」という形でこの国が近代の再構築を自らおこなうときが近い将来くるだろうから、その工程も、柳田國男の読み直し方も示した。それらは全て、未だ、かろうじて有効だと考えている。

それでもう書くことは残っていない、と本業に戻り、新しい職業である教師になった。にもかかわらず、出版社の勧めで文芸批評めいたものを久しぶりに書いたのは、「批評」が、いま、かろうじてでも「ある」にこしたことはないからだ。

だが、私たちは本当に間に合うのか。

ぼくは今回の「お気持ち」によって「平成天皇」の終わりが示されたのに、そこに歴史の終焉を感じとるメンタリティーが希薄なことに驚く。現行天皇は昭和天皇の死の前後の混乱を自らの死に際して起きてほしくないと「お気持ち」のなかで願ったが、果たしてそれは起きるのだろうか？　昭和天皇崩御のとき、左派は天皇の死ぬ日を「Xデー」と言って、その日に何かとんでもないことが起きるという奇妙な高揚さえあった。若かったぼくは、そのXデーの日、使い捨てカメラを持って何が起きるか、皇居の光景を撮影しに行ったが、何も起きなかった。そういうエッセイを書いたことがあった。

それでもやはりぼく自身が昭和天皇の死と前後して逝った手塚治虫を重ね合わせ、一つの時代が終わったという意識を語っているし、ベルリンの壁の崩壊とも重ね合わせて、ああ、大きな物語が終わるとはこういう感じなのかと思った覚えはある。

そのとき、初めてぼくは「漱石」のあの「こころ」のなかの以下の感情を実感したものだ。

すると夏の暑い盛りに明治天皇《めいじてんのう》が崩御《ほうぎょ》になりました。その時私は明治の精神が天皇に始まって天皇に終ったような気がしました。最も強く明治の影響を受けた私どもが、その後《あと》に生き残っているのは必竟《ひっきょう》時勢遅れだという感じが烈《はげ》しく私の胸を打ちました。

（夏目漱石『こころ』集英社、一九九一年）

このような感覚、つまり「大きな物語」が終わることへの恐れ、というものを人々が今回の退位表明に感じないことに注意すべきだと思う。「天皇制」はもはや「大きな物語」ではないかもしれない。あるいは人はもはや「それ」（歴史）を求めていないのかもしれない。

ぼくは八〇年代以降のポップカルチャーから九〇年代に台頭してきた歴史修正主義まで、大きな物語の終焉にあらがうことでポストモダンを遅延させているようだと記してきたが、おそらくいまや「時間」のあり方そのものが変質しているように思う。再帰的近代とは無限の自己言及ではなく、歴史の無為なループとしてあるのではないか、と近頃はよく考える。それこそが天皇制そのものの本質なのかとさえ考えもするし、あるいは「大きな物語」をそもそも必要としない本当のポストモダンがとうとう到来したのか、そのどちらなのかと仕事場からの帰路の際、まるで花見のときのように人々が公園を埋め、「ポケモンGO」に興じる光景のなかで立ち尽す。

ああ、利那の物語のみが求められているのだと思う。

それを回収するのは大きな物語でもなく、プラットフォームであり、私たちは国家というプラットフォームのユーザーと化しているのだ。それが私たちを「感情化」したのだ。その意味では「感情天皇制」は「ユーザー天皇制」と言い換えられるだろう。

だからこそ、ニューアカから「ゼロ年代」の批評が、ただ現代思想的批評として熱心に語った仮想としてではなく、本当にやってきたこの「歴史の終わり」について私たちは考えなくてはいけないし、そのためのツールとして、あらゆる表現の「機能」というものが改めて求められるべきなのだ。

まず「感情」の外に立つ。

そのような「機能」を私たちはかつて「批評」と呼んだのである。

第二章　物語労働論　webの「新しい労働問題」をめぐって

ポストフォーディズム下の労働問題

『黒子のバスケ』事件（まんが『黒子のバスケ』の作者、関連イベント、キャラクター商品製造・販売企業などを標的とした一連の脅迫事件［編集者注］）の渡邊博史の「手記」[注1]について何度か記したのは、それは「いま」をどう定義するかはさておいても、「いま」におけるひどく自覚されにくい「労働問題」がそこにはかろうじて言語化されていること

注1　渡邊博史『生ける屍の結末――「黒子のバスケ」脅迫事件の全真相』創出版、二〇一四年

が何より興味深かったからだ。彼の「手記」(というよりは「批評」)から読みとれるのは、「おたく産業」周辺に成立したメディアミックスというエコシステムにおける「疎外」の問題を図らずも言い当てていることだ。その「疎外」の先には、webにおける「新しい労働問題」がおそらく立論可能で、そのことをいたって乱暴にメモしておくことから始める。

かつて評論めいたエッセイを書き飛ばしていた若い時分の仕事においてぼくの関心事は「文学」や「まんが」といった表現に、「消費」や「経済」の概念を持ち込むことだった。そのこと自体は八〇年代の消費社会論のありふれた文脈のなかにある。八〇年代消費社会は来たるべき新自由主義経済の助走期間であったから、ようやくそれが「文学」の人々にも多少は実感できるようになった時期に書いた「不良債権としての『文学』[注2]」は、文学という「既得権」に新自由主義の到来を通告するものとして受けとめられ(その到来を「警告」するということが、ぼくの意図としてはもっぱらあった)、しかし、興味深いことに、新自由主義化は「文学」の「中身」にまでおよんだ。ぼくがあのとき、何かを告げ損なったとしたら「経済」が「文化」に与える身も蓋《ふた》もない力学がおそらくは「文学」など容易に変えてしまうだろうという予感である。「文学」はその予感におそらくは脅え、それがあのエッセイへの過度の反応になったのだ、といまは思う。現在の「文学」において村上春樹から百田尚樹まで（この二人はネオリベ的「文学」という点でひどく似ている。村上の「劣化」としてなぜ、誰も百田を「正当」に位置づけないのか）、小説の「新自由主義史観」化が選択されたことにまで、あの批評の射程が持ちえなかったのは、ぼくの落ち度だと言われれば落ち度だろうが。

だがぼくが、自分のかつての仕事に最も限界を感じるのは、このように「消費」や「経済」を批評に持ち込みながら「労働」の問題を立論しなかった点にある。それはぼくの批評が社会的な現象（「殺人事件」も「文学」も当然、そこに含まれる）をマルクス主義でなく記号論で語ろうとした点に起因する。例えば『少女民俗学』では「少女」という表象を「家族制度のなかで性的に使用可能な状態に達していながらその使用を家父長から留保された存在」、つまり「生産」から「留保」された状態にあるものとして定義した。したがって、その一義的な属性は「生産者」ではなく「消費者」である、とし、そこから議論を組み立てていった。

言うまでもなくそれは、八〇年代において吉本隆明と埴谷雄高《はにやゆたか》のコムデギャルソン論争

注2　大塚英志「不良債権としての『文学』」『群像』二〇〇二年六月号

が示すように、批評が前提とする人間像が「労働者」から「消費者」へと移行したことに従順であったにすぎない。そのことを吉本はある種の屈託として「転向」と自称した。同時に「消費」という概念は、上野千鶴子が「垂直の革命」から「水平の革命」へと当時形容したように、記号の操作（吉本ふうに言えば日本の「女性労働者」がコムデギャルソンを着ること）で「階級」や「文化ヒエラルキー」が解体する、という「期待」をもって少なからず語られた。そういった八〇年代の記号論的イデオロギーを近ごろのぼくは「見えない文化大革命」と呼ぶ。[注3] この「記号操作の革命」論に「物語消費論」なり「少女民俗学」は一定の整合性があり、当時もてはやされもした。このように「労働」という視点の欠如は「かつて」のぼくの批評の根本的な限界でもある。

だがここでぼくはかつてのぼくの批評が現在の格差社会なりブラック企業的労働問題に対してのスパンがなかったことを「反省」しているのではない。それは単独で論じる限り、乱暴な言い方をすれば「旧労働問題」であり、それを包摂する「新しい労働問題論」が必要なのだ、と感じる。そこまではぼくは示しえていないから、その所在を指差しておくことがこのエッセイの目的だ。

一言で総括するなら、ぼくが「かつて」の批評的エッセイのなかで見出せなかったのは、「消費」という行為そのもの、あるいは人としての感情の発露そのものが「見えない労働」

として企業ないしは社会システムに搾取され、言うなれば人は充足しながら疎外されていくという「新しい労働問題」の所在である。正直に言えば、いまからこのことを論じていくのにぼくはいくつもの基礎的素養を欠いているが、しかし、ひどく大雑把に問題の所在を示しておくので、あとは若い誰かが批評的に詰めていけばいい。そういう、記号のコピーアンドペーストとしての「情報労働」は若い批評家の得意とするところだろう。

「物語消費論」は「物語る」ことが代表する「創作的な行為」が「管理された消費」に変質していく可能性を指摘したものだ。当時のぼくはそのことで「作者」という既得権が揺らいでしまっていい、と考えていた点ではポストモダニストであったが、同時に何度でも繰り返すが、これは電通や当時の角川書店のために書かれたマーケティング、もっとわかりやすく言えば「動員」の理論だった。そのことは一度たりとも隠してはいない。

　それでも「物語消費論」は、かつては作者がテキストを「商品」として制作し、受け手がそれをただ消費する、という一方通行的な関係がこの先、根本的に揺らぐだろう、という漠たるポストモダン的予感に支えられていた。こういった硬直した送り手―受け手の関係に対して、「受け手」による「読みの多様性」や「誤読」の可能性を見出すことでそれ

注3　大塚英志『「おたく」の精神史――一九八〇年代論』星海社新書、二〇一六年

を崩そうとする主張もあったが、「送り手」と「受け手」が共有する情報系（それを「世界」と呼ぶか「データベース」と呼ぶかは本質的な問題ではない）に準拠し、受け手がそのなかで自ら「物語る」ことは「作者」という近代的枠組みを根本から「崩す」もののようにぼくに思えたのは事実だ。もっともそれは、かつて歌舞伎や太平記や昔話の伝承者などが「世界」というコモンズを踏まえ「物語っている」ことを踏まえたとき、むしろ「物語ること」の本来のあり方への回帰にすぎないと当時のぼくには思えた。そこまでが「物語消費論」が語ったことだ。

だが、ぼくが気楽なポストモダニストでしかなかったのは、八〇年代の消費革命がポストフォーディズム、つまり狭義の「労働者」の「労働」だけでなく、社会全体が余剰価値生産に無自覚に、かつ自発的に総動員される体制への移行の渦中に自分がいることを、八〇年代末から九〇年代初頭の時点で無自覚であったからである（実際のところ、あの時点で「自覚」している人がいたとは思えないが）。

いまさら語るのも面映《おもば ゆ》いが、ポストフォーディズム下の「労働」は、それまでのわかりやすい「旧労働」とは趣きを変える。労働問題をブラック企業問題など「旧労働問題」として規定してしまうことはポストフォーディズム下での人間活動そのもの、生きること自体が生産に動員されていく労働と化していることが見えにくくなる。つまり「物語消費論」は、「誰もが物語る行為」を「消費」としてではなく「労働」と捉えるべきだったのであり、「物語労働論」として書かれるべきだった、ということである。それが現時点でのぼくの反省だ。

むろん、現象としては八九年の時点では「物語消費論」のモデルを抽出した子供向けのシールつき食玩《しょくがん》においては、「シールに付与された断片を元に物語を想像すること」が、食玩を買うという「消費」と一体化していることにとどまっていた。しかし、いまにして思えばそれは、情報商品のセグメントを精巧化、再結合する「情報労働」の走りのようなものであった。それに対して、そもそも二次創作的労働においてもそこで書かれたものを「コンテンツ」として企業が回収する仕組みはつくられていなかった（安全地帯から論じるつもりはないので、つくるべきだ、と考え、それを実行した事実は正直に書いておく）。九〇年代の角川歴彦《つぐひこ》のメディアミックスが物語消費論的枠組みを含んでいたとはいえ、そこでは受け手の「創作的消費」を「労働化」し回収しマネタリングするシステムが「不備」だったのである。したがってその時点では「物語消費論」は「作者の解体」という、ありふれた近代小説批判の枠のなかにとどまった。

そもそも「物語消費論」を書いた時点ではポストフォーディズムの議論は日本では立論されていなかったはずで、当時のぼくが単に消費モデルの解析に飽きたらず、「実践」を試みたのは、これも正直に記せば、ポストフォーディズム的なものの不徹底が鮮明に「見えた」からである。その点ではぼくはネオリベラリストでさえあった。ぼくは自分の批評的仮説を「実験」し検証する習癖がある。避けがたい最悪のシナリオを遅延させ続けるよりは、加速させるほうに加担することをぼくは「経済」においてはしばしば選択する。とはいえそれはコンピューターゲームの「世界観」にいくつかの仕掛けを施し、開放系として「受け手」に提示し、二次創作を誘発し、そこから出てきた「つくり手」や作品を出版社に回収させる、といった程度の他愛のない「実験」であった。その時点では現在のようなwebは存在せず、出版システムも充分に「生きて」いたから、回収された作者たちは適切な印税なり原稿料を受け取ることができた。印税や原稿料を払うことで、逆に言えば「労働」として二次創作を限定的に認知したのである。

しかし同時にそこにはこの作品のオンリーイベント（特定のキャラクターやカップリングに特化された同人誌即売会［編集者注］）が幾度かは開催される程度に無償労働の二次創作者がいたのも事実だ。彼らは「原作」や「二次商品」を購入し、それらを「素材」に二次創作の同人誌を制作した。同人誌の「売り上げ」で利益を出すものも多少はいただろうが、「投稿者」という、無償の労働者、フリーレイバーはすでにそこにいたのである。だから、二次創作者の活動そのものを管理するビジネスモデルの有効性はこの時点で明確だった。そのことは、角川歴彦が角川騒動の渦中にその作品のオンリーイベントを「視察」したことで裏づけられるだろう。どうでもいいことだが、YouTubeを買収しようとして頓挫《とんざ》し、ニコニコ動画に実質的に「身売り」することになる角川の「その後」はここから始まっている。

同人誌の周辺には同人誌の印刷業者やイベントへの宅配など、二次創作者へのサポート産業が成立しつつあり、二次創作者は同時にその「消費者」でもあった。二次創作同人誌の印刷業者はかつて文芸同人誌を印刷する印刷所と本質的に「同じ」であるという人がいるかもしれないが、九〇年代初頭の時点で二次創作系同人誌が同人誌の主流となる一方で、印刷会社への印刷代の未納分を次の同人誌の刊行で支払い、また新たな未納分を生むといった事態が生じていて、「創作」という行為が「同人誌印刷所の経済システム」に隷属する形に変化していたことは注意していい。その程度の「エコシステム」が物語消費論の時点で成立していたのだ。

このように、創作者が一次版権の所有者に対しても、印刷会社という企業に対しても、つまりは、経済システムのなかで、「創作させられている」という従属関係に当事者の意識とは別に変化していく転換が、大袈裟かもしれないが、このときの二次創作のなかに垣間見られた、と言える。プラットフォームによる「投稿させる」システムへの予兆はすきでにあったのである。

　こういったポストフォーディズム問題は九〇年代末から二〇〇〇年に入るあたりで現代思想の領域で一つの「流行」となっていったが、問題の所在は限定されていた印象がある。例えば「介護」を肉体だけでなく感情をも労働に動員させる「感情労働」を介護者に求めるものとして立論する議論などは、その代表的なものだろう。ｗｅｂにおけるユーザーへの対応はユーザーの感情的快適さの創出に主眼がある。

　だが、ポストフォーディズム的な労働の全面的な拡張とその透明化は、まず「おたく産業」周辺で起きて、次にｗｅｂに拡張された、と考えるべきである。それはこの国の現在としてのネオリベラリズムと当然、整合性がある。

　例えば、ＴＰＰにおいて二次創作の庇護《ひご》をその推進派、つまりネオリベラリズムに分類できる財界人や政治家、あるいはＩＴ企業が支持したのは、「表現の自由」を守るためではない。「二次創作」を「守る」のは、すでにそれが、日本経済のエコシステムの一部に組み込まれている「経済問題」だからであることは別のところでメモしておいた。[注4]いわゆる「クールジャパン」が喧伝《けんでん》されるなか、「おたく産業」における「オーディエンスの参加」によるクリエイティブな活動（つまり二次創作や初音ミク）が日本ポップカルチャーの本質と見なすイアン・コンドリーらの議論[注5]は、見せかけ上はこれまで送り手主体だった、表現への新たな大衆参加を賛美し、まるでカル・スタ（カルチュラル・スタディーズ）的左派の主張のように見えながら、「参加型メディアミックス」は実は「消費者の創作的行為を労働化する仕組み」としてポストフォーディズム的に「正しい」という側面を持つ。むろん、そこまであからさまな議論はないにしても、政財界における二次創作の擁護者の顔ぶれをチェックしていけば（自分でチェックすることだ）、それは、おのずと明らかだ。二次創作、ボーカロイド、AKB的なアイドルといった「コンテンツ」（とあえてそう記す）の創出に「ユーザー」の参加するシステムが、「おたく産業」の周辺にいかに拡大していったかはばかばかしいので、いちいち指摘することはないが、「送り手」の提供した情報系に「ユーザー」がフィードバック的に参加することで「コンテンツ」が成長し、あるいは再生産されながら、そのフィードバックの行為は「無償労働」どころか自らお金を払う「消費」でさえあるという点で、「物語労働論」と書き換えられるべきだった「物語消費論」の枠内に正確にある。アイドル産業において「ユーザー」がときに「プロデュー

注4　大塚英志「「二次創作」は「表現の自由」の問題なのか【第6回】角川歴彦とメディアミックスの時代」http://sai-zen-sen.jp/editors/blog/works/post-1018.html
注5　イアン・コンドリー『日本のヒップホップ――文化グローバリゼーションの〈現場〉』NTT出版、二〇〇九年

サー様」「クライアント様」という名称で奉《たてまつ》られるのは、「ユーザー」（消費者）と「プロデューサー」（制作者）が一体化している事態への物語消費論的な皮肉だと苦笑いさえする。

むろん、アイドル「ユーザー」は自発的に「参加」しているのであって、「参加」をやめることは理屈としては当事者の自由である。だから、オーディエンスとしての「アイドルをつくる」という行為への参加はあくまで自発的なものである、と「ユーザー」は考えるだろう。だが、AKBの握手会で少し前、不意に目の前にいるアイドルに切りつけた「ファン」（「ユーザー」）がいたことは思い起こしていい。それはストーカー的に特定の誰かを狙ったのではなく「アイドルというシステム」そのものへの「テロ」であった。アイドルがお金を特権的に儲けていることが許せない、というニュアンスの動機を述べていたが、システムへの怒りをその周辺の人々に拡大するのはテロリズムのありふれた手段だ。実際には「アイドル」当人らの大半もフリーレイバーに近い。蛇足だが先の渡邊博史の事件にせよ、「おたく産業」周辺で起きたいくつかの事件は実はポストフォーディズム体制へのテロリズムと考えたほうがいい事例がいくつか散見する。賛美はしないが興味深くはある。

こういった「おたく産業」における物語労働論的な搾取をその外から「嗤《わら》う」ことは

容易《たやす》い。しかし、「おたく」たちの物語労働論的なシステムへの参画はポストフォーディズム的事態のもっともわかりやすい事態にすぎない。なぜならいまや、ｗｅｂにおける人間の行為がすべからく透明な労働としてあるからだ。

プラットフォームとフリーレイバー

ｗｅｂ、なかでもプラットフォームが人の行動そのものを「労働」として搾取していく仕掛けであることは、二〇〇〇年に入ると例えばＡＯＬのチャットに趣味で参加している人々の行為そのものが実は「フリーレイバー」（無償労働）であるといった議論として北米で出てくる。それは日本にも正確に当てはまる。例えば「2ちゃんねる」の自発的な書き込みは同時にコンテンツとしてそれを閲覧する人々を引き寄せた。その2ちゃんねるの創始者がそのスキームを「動画」に移行させた（というストーリーになっている）「ニコ動」は、プラットフォームという開放された投稿の場を装いながら、ユーザーに無償でコンテンツを提供させ、それを目当てにする閲覧者への「会費」（実態はコンテンツの対価）による収益をビジネスモデルとした。一方、無償の投稿サイトの多くは「広告」による収益を軸とする。これらは旧メディアの収益モデルと「無償の創作者によるコンテンツ」を接続させたもので、しかしコンテンツ制作の対価が最小化されるという点で画期的であった。pixivや「小説家になろう」などの創作投稿サイトも同様で、個人のボランティア的運営か企業主導かは別にして、「投稿」という無償の労働によってつくられたコンテンツが生む収益をプラットフォーム側が得る仕組みは、webにおいて共通のエコシステムである。著作権を管理する運営側が二次創作を投稿させる、というKADOKAWA型エコシステムは、もはやその一類型にすぎない。

それでも「まんが」や「小説」、「動画」といった外見上、制作コンテンツに近いものは、その制作が「労働」として、まだ見なしやすく、著作権が作者に帰属する「近代」の規範が、YouTubeやニコ動が投稿者への限定的な利益配分をせざるをえないかろうじての「抑圧」になっている。しかし、すべての投稿者に再生数に応じてロイヤリティーを発生させれば、プラットフォームは確実に破綻する。正確に言えばそれは可能だが、フリーレイバーによって生じたつくり手に還元されない余剰で、web企業は投資やM&Aをおこない企業を拡張している。ここにはきわめて教科書的な資本による労働者からの搾取があるが、それが現状では「見えない」。

このようにプラットフォームの存続・肥大には無償のコンテンツ投稿が現時点では前提となっていることは忘れるべきでない。

しかし、プラットフォーム上の「無償労働」によるコンテンツ制作は当然、「創作」にとどまらない。「批評」もまた同様である。「食べログ」の投稿、アマゾンのレビュー、Yahoo!ニュースにおけるコメントは、当然「批評」であり、これらのプラットフォームのコンテンツの一部である。当然、無償で投稿されたものだ。例えば、良質なジャーナリズムを提供するとされる北米の巨大ニュースサイトMediumでさえ、投稿されたコラムの「フリーの使用権」をプラットフォーム側に与える仕組みとなっている。

また個人が運営するサイトでアフィリエイトに依存するものも少なくないが、その場合、使われるのは自作のコンテンツではなく、その供給源としての2ちゃんねるの運営側とトラブルになったように、書き込みやツイートを無償コンテンツ化した「まとめサイト」的な集約が中心となっている。このように、個人も企業もコンテンツをフリーレイバーに依存することがｗｅｂでは一つの前提である。

フリーレイバーによる「コンテンツ」としては、社会的逸脱行為のコンテンツ化という事態も指摘しておくべきだろう。「炎上」を引き起すTwitterの投稿で、例えばアルバイトが店の冷蔵庫でふざける姿を写メで撮ってアップすることもレベルの低さはさておいて、かつての現代アートの「パフォーマンス」の果てしない劣化版として定義はできる。また、いじめや恫喝といった犯罪行為を自ら動画サイトに投稿する「犯罪のコンテンツ化」の例はいくらでも思い当たるだろう。「現代アート」には、実際、このレベルのアート（例えば最近なら美術館にデリヘル嬢を呼びつけ「晒す」という「アート」のプランが物議を醸《かも》し出した事例）も少なくない。そして「炎上」したツイートや「投稿」は「まとめサイト」などでただ単にコンテンツ化する。

つまり「投稿」というwebに必然的にともなう行動そのものが、その内容の水準はさておき、「コンテンツ」の創出としてある、とまず認めなくてはいけない。ここで「コンテンツ」とあえて呼ぶのは、それによって「投稿者」以外の誰かのための経済的価値を生み出しているからである。

しかし、人はなぜ、無償で労働するのか。

そもそも近代における文芸誌がすべからく投稿メディアとして成立したように、「自己表現」は近代的な自我と一体である。webは作者という特権階級だけでなく、万人に自己表現の機会を開放した。文学者や芸術家がweb投稿者と一緒にされたくないというなら、「自己表現」を「自己表出」と言い換えても別にいいが、本質は同じだ。この自己表出の民主化は、同時に自己表出が、そのまま無償労働によるコンテンツ制作と化するプラットフォームの成立を可能とした。かくも人は「私」への欲望が強いのである。

こういった「コンテンツ」のフリーレイバーへの依存は、別の問題を派生する。一つには「コンテンツ」そのものの無償化、低価格化という「抑圧」(LINEでの音楽配信が無償の「お試し期間」を終えて有料化した瞬間、一部のユーザーの顰蹙《ひんしゅく》を買ったように)、もう一つはクラウドワーカーなどと呼ばれるｗｅｂ上のブラック企業的労働者を生むという、ｗｅｂ労働問題だ。

ｗｅｂには「嫌儲」というｗｅｂでの創作行為や活動に利益を求めない無償奉仕の美徳がある。こういった美徳には崇高な芸術や表現においてつくり手は赤貧《せきひん》に耐えるべきだという、それこそ近代文学や芸術が生み出したファンタジーが作用している。その美徳が奇妙な倫理としてｗｅｂに持ち込まれたとき、フリーレイバーは「芸術」や「文学」という「神」ではなく、プラットフォーム企業に奉仕させられるのである。ブラック企業が崇高な理念を掲げ、そこへの忠誠心を労働の動機にすり替えようとしていることと同じである。これはボランティアやＮＧＯの「労働」のなかにも潜む問題である。

ちなみに文芸誌がなくなったとき、それでも「純文学」は「文学」という「神」のために無償で小説を書き続けられるのか、というのが「不良債権としての『文学』」の問いであったが、柳美里の原稿料未回収問題は、それは「無理」だという実直な回答であるとぼくには思える。「無償」で創作するには誰かにパラサイトするしかない。しかし、「投稿プラットフォーム」へと移行した「出版」というエコシステムは、「文学」という既得権益集団をもはやパラサイトさせられないステージに来ている。

だが、ｗｅｂにおける無償労働はこういったコンテンツ制作にもはやとどまらないことはここで確認しておくべきだろう。いまや、その「自己表出」のスキルや深度に関わりなく、ｗｅｂに何かを投稿した瞬間、それは無償労働のコンテンツと化す。そのなかで、人は「日々の行動そのものをコンテンツ化させられていること」にこそ気がつかなくてはいけない。

そもそも、ｗｅｂ上での日々の行動は自らコンテンツ化しなくともすでに「労働」なのだという議論は可能だ。例えば人がプラットフォームに参加するときに提供を求められる個人情報、あるいはプラットフォームがユーザーのｗｅｂ上での行動から収集していくデータは、広告主への有効な広告枠の販売のツールとして「価値」を有し、「ビッグデータ」としてそれ自体が「商品」として販売される。

つまりｗｅｂ上の行動そのものが価値を生み出すという点で「労働」であるという考え方である。

広告代理店の対面型のマーケティングリサーチに協力すれば、協力者にはたいてい謝礼が形式的とはいえ支払われる。その情報は広告代理店が集約して「商品」として企業に販売したり、マーケティングのツールに用いる。しかしこのような「ビッグデータ」の収集にｗｅｂ上で日々参加させられている自覚は多くの「ユーザー」にはない。その対価もない。にもかかわらず、私たちはｗｅｂで何かをする限り、常に「ビッグデータ」を生産し続けていくことになってしまっている。

しかし、ここで議論されようとしている行為はそもそも「労働」ではない、という反証が当然あるだろう。確かにブルーカラーにせよホワイトカラーにせよ、企業にとって雇用され一日のうち一定の時間を切り売りする「労働」とは外見上、異なる。

だが、具体的な「もの」（生産物）の創出ではない、非物質的な価値の創出を「無形労働」と見なす議論がある。例えば、よく知られる、マウリツィオ・ラッツァラートの「Immaterial Labor」[注6]についての議論では、商品中の情報や文化についての内実を生み出す労働を「無形労働」と呼ぶ。それは「文化」や「芸術」の名で呼ばれた創作活動（つまり「コンテンツ」の創出）や八〇年代的な記号操作による価値の創出（差異化のゲーム）も含まれる。ｗｅｂの出現で、これらコンテンツの多くが本やＣＤ、ビデオといったパッケージ、つまり「モノ」（マテリアル）としての外形から解放されたため、「価値」だけが単純化された。そして「モノ」という外形をともなわない分だけ、それが、「労働」の成

注6　マウリツィオ・ラッツァラート『出来事のポリティクス――知‐政治と新たな協働』洛北出版、二〇〇八年

果物だという点が見えにくくもなる。

くわえてラッツァラートは、形をともなわない労働による価値の創出のなかに、コンテンツやデザインだけでなく、文化や芸術における消費者の審美的な規範、つまり「ユーザー」が何を「おもしろい」「おいしい」「美しい」などと感じ、それを欲するかについての「規準」そのものの創出を含むとする。つまり「公衆の意見」そのものが「無形労働」の生み出す価値だとする考えだ。このように一方では「集合知」と呼ばれ、他方では「ユーザーの意見」と呼ばれ、最終的には「ビッグデータ」という「商品」にさえなる「価値」の創出もまた、「無形労働」なのである。

このような「無形労働」の定義を踏まえれば、かつてのような特権的な知識人や作者だけではなく、ｗｅｂにおけるユーザー一人ひとりの精神的活動が「労働」のプロセスとなることは自明だ。

このとき、この「無形の価値」を生み出す「無形労働」に、人を「フリーレイバー」（無償労働者）として参画させるための動機づけが、「主体になる」あるいは「自己表出する」というものだともラッツァラートは言う。つまり、近代的個人の欲求そのものがフリーレイバーとしてエコシステムに参加する動機となっている。これはプラットフォームが呆れるほどに「ユーザー」の意見に耳を傾ける「そぶり」を見せるのはなぜなのかを冷静に考えればわかることだ。「ユーザー」を「主体性」のある消費者として「意見」を述べるよう、「自己表出」が常に誘導される。「主体になる」「自己表出をする」という近代の欲求をｗｅｂは万人に開放し、そしてそれが発露しやすい様々な「仕掛け」をｗｅｂは提供する。したがってそのハードルは当然、大胆に下げられる。少し前、Twitterの文字制限を一四〇字から一万字に増やすという噂が流れて、大きな反発があったが、それはたいていの人が一四〇字をさして不便に感じていない、という証しである。長文の「自己表出」など、元少年Ａや小保方晴子以外の人は求めないのである。だから、ｗｅｂでは長いテキストを書く手間暇をユーザーに要求しない。ＫＡＤＯＫＡＷＡの小説投稿サイトで規定の文字数に達しない投稿（例えば一章ごとに「あとがき」を用意して水増ししたもの）が黙認され、賞の予選を通過していくことが投稿者によって批判されたが、いかにより簡易な「自己表出」の場を提供するかはプラットフォームの重要な戦略である。

こういった「自己表出させられる」環境のなかで、しかし、考えてみればたいていの場合、人は自己表出すべきものを持たない。ぼくもほとんど持たない。持たないにもかかわらず、「自己表出せよ」と誘導される逆説としての近代がｗｅｂ上にある。

強制される感情の発露

ｗｅｂ上で「拡散」や「炎上」、あるいは「リベンジポルノ」や個人情報の暴露などが習慣化するのは、「自己表出すべきもの」がないままにそのためのツールと「抑圧」だけがあるからである。語るべきことがないのに語らなくてはいけないという抑圧化された欲望だけがある。

それゆえ、ｗｅｂ上の「自己表出」はきわめて直接的な感情の吐露《とろ》となる。「感動」や「嫌悪」、つまり「泣ける」や「嫌××」（「××」のなかには「中国」でも、近ごろは「沖縄」さえ代入される）といったあまりに脊髄反射的な感情の吐露がパブロフの犬のごとくｗｅｂ上では言語化される。「感情」の表出には論拠も描写も不要だからだ。小説がサプリメント化した、つまり「泣ける」「怖い」「感動する」「役に立つ」といった即効性が機能性食品のごとく求められることと、それはパラレルな関係におそらくはある。つまり、小説の「感情化」である。機能性文学のある部分は「感情小説」とでも呼ぶべきだろう。

その意味で歴史もまた感情化する。中韓によって「誇りが傷つけられた」とか、日本をとにかく「誇る」といった、感情水準での発露がｗｅｂ上で「歴史」に対する「価値」、つまり歴史認識を「集合知」として形成する。ネオリベラリズム的な歴史認識そのものが過去を徹底的に否認し、自分に心地良い、感情的な歴史をつくり出す「歴史の感情化」であるのは言うまでもない。こうして、「国家像」そのものが「感情化」するわけだから、安倍晋三はその点でこの国の最高権力者にふさわしい。政治も当然「感情」化しなくてはいけないのだ。

対して、その「感情」の発露にわざわざ、文学的レトリックを多用し、いささかの「努力」を費やしてしまった、元少年Aの小説はそれゆえ、「サプリメント」としては機能しない。同じく、小保方晴子がＳＴＡＰ細胞の作成手順についてｗｅｂで公開しても、その検証より彼女の「感情」の発露としての「手記」のほうが好まれ、そしてなされるのも彼女の「感情」に対しての、いわば「感情批判」である。

政治的ニュースからタレントの不倫、インスタグラムの写真から猫の動画まで、そしてあらゆる商品への反応も含め、私たちは「感情」を瞬時に発露するように訓練づけられている。かくもｗｅｂで人は「感情の発露」という形の「労働」を常に求められている、と言える。それだけでなく、あらゆる形で人は自分の「生」をプラットフォームにおいて無償のコンテンツとして提供し続けていくことを求められる。「創作」や「消費」だけでなく、「生きる」ことそのものが私たちがｗｅｂと繋がった瞬間、フリーレイバー化しているのである。

こういった「新しい労働問題」にすでに触れたように、二〇〇〇年に入る前後に登場したが、「現代思想」のなかの流行で終わり、むしろ、表現の民主化や集合知への期待という、あえて名づければ「ポストフォーディズム的なコミュニズム」論（たぶん、この国の現在はネオリベ的共産主義の達成下にあるのだ）のなかに楽天的に吸収された。

そして、私たちは誰からも強制されることなく「自由」にwebにおいて、もしくは二次創作において自己表出しているのだからいいではないか、というこのユートピアを歓待する反論が聞こえてくるだろう。だが、マルクス主義以前には「労働者」が「搾取」されているということに「労働者」自身が気づかなかったように、労働における疎外は本来、見えにくい。ポストフォーディズム下の「感情労働」や記号を操作する「情報労働」、ましてやweb上でのふるまいそれ自体が「労働」化していることは批評や社会理論なしには実感されにくい。

しかし実感されないことと、問題が存在しないことは別である。「実感できない」のは実感させない「仕組み」があるからである。しばしば言われるように、ホームレスを公園から追いはらおうと思えば誰かが物理的な力で排除するよりもベンチの中央に肘掛けを一つ「つくる」だけでそこで寝ることが困難になるから、彼らは姿を消す。ホームレスは一見すれば「自発的」に立ち去っているのである。むろん、愉快ではないだろうが。

このような、管理に見えない管理の技術がいまの社会では各所で進化しているのだ。webも例外ではない。逐一、検証しないが、webは常にユーザーに対し最適化したより良いサービスを提供しているかに見えるのはなぜなのか、考えてみる必要があるだろう。

しかも厄介なのは、ポストフォーディズムな無償労働は消費や自己表出という快楽をともない、こういう言い方は心ないかもしれないが、知的な負荷を極力、人に求めない点だ。つまり「見えない」だけでなく、何より「心地良い」のだ。「自発的」に立ち退くホームレスと違い、「不快」とさえ感じないのだ。反知性主義の批判者は「反知性的であることの快楽」と、それをもたらす仕組みを理解していない。「反知性」は「知性」以上の快楽なのである。

ぼくが『黒子のバスケ』の渡邊に興味を持ったのは、こういったシステムのなかにいることが「不快だ」と彼が感じることが例外的にできたこと、そして「システム」そのものを彼のチープなテロリズムの対象としたことにある。『黒子のバスケ』をめぐるメディアミックス的なシステムがたまたま彼の眼前にあっただけだが、十何年ほど前、盛んに議論されたこのポストフォーディズムの問題は、プラットフォームと「ユーザー」の関係のなかでようやく、かろうじて、「見える」ものとなった、と言える。そしてここで生じつつある「労働」の快適な全人格化や、「消費」の「フリーレイバー」化が、リアル社会の「労働」に反転する形でフィードバックされ、「労働観」を形成しているということを踏まえないと、「ブラック企業」や「介護労働」の問題はおそらく「旧労働問題」としか見えないままなのである。

私たちはｗｅｂの内でも外でも、全人格的な、生そのもののフリーレイバーを暗黙のうちに求められている。

第二部　感情化する文学

第三章 スクールカースト文学論

水平革命の揺り戻しとしての「スクールカースト」

小説のジャンルに「スクールカースト文学」と呼ぶべき領域が成立していることは、例えば小説投稿サイト「小説家になろう」に置かれた小説で「スクールカースト」のタグを付された作品が、この文章を書いている二〇一六年六月中旬の時点で七七作品もあることからもうかがえる。この問題を最も早く論じた鈴木翔『教室《スクール》内カースト』によれば、小学校のなかでの「ランク」分けを主題とした小説、次良丸忍《じろまるしのぶ》『大空のきず』が一九九九年、中学生の「ランク」づけをモチーフとした木堂椎《こどうしい》『12人の悩める中学生』が二〇〇八年、そして高校が舞台の朝井リョウ『桐島、部活やめるってよ』が二〇一〇年に刊行された。そしてこれらの作品を議論の導入として示し、「スクールカースト」について社会学的アプローチをした鈴木翔は、彼の著書が刊行された二〇一二年当時、東京大学大学院の博士課程にいた。このように同書で言及された項目を時系列で並べていったとき、この主題が新世紀の始まりごろに浮上して、小説の主題となり、同時に社会問題化していったのだとこのあたりの事情に疎かったぼくにも想像だけはつく。

鈴木によれば、少女まんがの領域でも二〇〇〇年ごろからこのモチーフが現われていると言い、またweb上では「文学」においても、佐藤友哉『エナメルを塗った魂の比重』（二〇〇一年）、綿矢りさ『蹴りたい背中』（二〇〇三年）、桜庭一樹『推定少女』（二〇〇四年）あたりの作品がスクールカースト的主題を扱ったという見方もある。なるほど、ぼくが小説に関心を失っていくあたりと前後して出てきた主題なのだ、と何となくわかる。

こういった「ランクづけ」が世相化したのはＡＫＢの「総選挙」あたりなのかとWikipediaで調べてみると、「総選挙」は二〇〇九年が始まりで、なるほど「ゼロ年代」や「ロスジェネ」と称していた二〇〇〇年代の批評や文学のなかで表層化してきた文化であり、主題なのだ、とあらためて思う。そして書きながらいま思い出したが、佐藤友哉がまだデビューして間もなかったころ、彼が北海道のダスキンか何かで働いていた時分、彼だったか担当編集者の太田克史だったか忘れてしまったが、だったらそのことを書いて「プロレタリア文学」をいまさらやるといいんじゃない、といった記憶があるが、佐藤は乗り気でなかった。たぶん、ぼくのほうが的外れであったのだろう。なるほど「階級」はそのとき、労働の場ではなく、学校のなかに復興しつつあったのかと見識のなさに苦笑いもする。だが「ゼロ年代」に入って学校内の格差が小説やまんがや社会学の主題として発見された、という事態そのものは八〇年代をかつて生きた者としては、ひどく納得のいく事態だ。なぜなら、九〇年代に入った時点で階級の復興は予想されたはずだからだ。

八〇年代に起きた「見えない文化大革命」の背後には、吉本隆明が戦後の達成と信じた「一億総中流化」があり、吉本には日本の「女工」がコムデギャルソンを着ることができる格差なき社会時代が達成された「ように」あのときは見えもしたのである。しかし上野千鶴子は当初は「水平の革命」を賛美しながら、それを最も早く撤回し（それは正しい見識だった）、九〇年代に入るか入らないかのうちに団塊世代とそのジュニア間での資産の継承の過程で「階級」が生じるだろうという統計データに注意を促していた。再「階級」化の到来を指摘していたのだ。その時点では「資産」としてバブル期の地価を前提にしていたが、バブルの崩壊は地価の上昇が支えた「中流化」を打ち砕き、より資産のある者とない者の格差を鮮明とし、失われた「二〇年」のなかで「階級」は復興した。手許に現物が残っていないが、ゼロ年代のどこか、ぼくが保守論壇から去る準備をし始めたころ『Ｖｏｉｃｅ』の増刊号で若い世代を選挙に行かせるためのマニュアル本[注7]をつくっていたとき、そこで自分の「階級」を考えて投票すべきだ、と書いたのだか、対談だかで話した記憶がある。「階級」化はぼくのような凡庸な人間でさえ、そのとき、予感できたのである。

そうやって「社会」の領域では「格差」は復興していき、それは現実の「経済」の問題だが、「文化」の領域でも最初から「平等」（吉本隆明の「重層的な非決定」）でなく、ヒエラルキーへの欲望はあった。八〇年代の時点で、無意味な「タグ」でしかない「新人類」と「おたく」との間に上下の「差別」化をするという要求そのものが、「新人類」とタグを付された側にあった。「新人類」と「おたく」は記号という意味で等価であるはずなのに、当時の中森明夫やのちの宮台真司が「新人類」と「おたく」の間に上下のヒエラルキーをつくり出し、差別化しようと拘泥したのはそういう欲求の現われだし、ぼくの書くものに対し、それは学問ではないとアカデミズムが叩くのもまた同じ現象だった。あのとき、ぼくたちの世代そのものが文化の重層的な非決定に耐えかねていたのだ。

だから、均質化された記号の集積でしかない八〇年代を先駆的に描いたことになってい

注7　大塚英志＋福田和也「選挙に行く前に読んでおけ。」『Ｖｏｉｃｅ』二〇〇一年八月特別増刊号、ＰＨＰ研究所

る田中康夫の『なんとなく、クリスタル』のなかにまんがもアニメも出てこないのは、田中と同じ東京二三区外の西武新宿線沿線で生まれて、どうやら隣りの小学校にいたぼくからすれば違和感があった。八〇年代当時、レイ・ブラッドベリという純文学でないSF——いまで言ったら腐女子となるであろう萩尾望都とアニメの好きな文学少女御用達の本をヒロインが「あえて」外して読んでいるあたりに、この小説が何百かの注からなる「水平の差異」を無理してつくっている気がして面倒くさい人だな、と思った記憶もある。

このような「ヒエラルキーの喪失」に耐えかねていた人々は決して少数派でなく、一九五〇年代の終わりから六〇年の間の二年ほどに集中的に生まれた「おたく」「新人類」世代においても、ヒエラルキーを無頓着に崩す「おたく」と、「クラス」を死守しようとする「新人類」に分かれていたのだといまは思う。実際、イトーヨーカドーのシャツとDCブランドの差異にぼくなども全く無頓着であり、あの時点で「おたく」のほうがむしろポストモダニストだったのである。

そう考えたとき、学校のなかで二〇〇〇年代に入るあたりから意識されるようになったという「スクールカースト」は、八〇年代末にいたる「水平の革命」の揺り戻しであり、それは同時に新自由主義経済下で学校の外で進んでいる再「階級」化への脅えなり予感なりへの適応でもあったと言っていい。

「水平の差異」が人に安寧《あんねい》を与えず、ヒエラルキーという「垂直の差異」に安寧を求めるということは、スクールカーストを社会学的に分析することとは別に念頭に置いておかなくてはいけない人間の本質的ともいえる「さもしさ」だ。徳川幕府が被差別部落という差別する対象を与えることで支配者への被支配者の不満を抑えた、という「説明」をぼくなどは中学校の社会で教わった記憶さえあるが、人は人を見下すことで階級への異議を申し立てなくなる。そういう欲求に対し、「文学」は批判的にこれを描いたものだが（例えばかつてであれば島崎藤村の『破戒』）、しかし、いまは肯定的に反映する傾向が強い。それがスクールカースト文学の特徴だ、といえる。

だからこそ、朝井リョウのスクールカースト小説『桐島、部活やめるってよ』（以下『桐島』）が「画期的」であったのは、それ以前のスクールカースト小説は「上」「下」の逆転（つまりは「階級闘争」）が主題になっていたのに対して、階級への異議を主題としていない点だ。カーストの上下に関わらず、スクールカーストに「甘んじる」生徒たちが中心的に描かれる。作中でとうとう登場しないスクールカーストの最上位にいた「桐島」がバスケットボール部から姿を消し、そのことで学校内の「上」「下」という関係が揺らいでいく、というこの小説のプロットはよく知られる。しかし、カーストから消えた人間は小説中にもはや存在しない、というのはぼくなどには恐怖小説のように思える。しかし桐島の行方は問題とならず、カースト内のステータスの変化が小説のモチーフとなるのである。

例えばこんな形で桐島が「消えた」あとの新しい自分のポジションに思いを寄せる者がいる。彼は「上」に属する。

確かに桐島はリベロで、まあ俺もリベロで、チーム全員を一番よく見られる位置にいるけれど、
「もっとやわらかく構えろよ。反応がいつもよりマジ遅え」
だけど、本当に一番チームをよく見られる位置にいたのは、
「いつもみたいにぴょんぴょんコート飛び跳ねてから構えろ！　リラックス！」
ベンチにいた俺だった。

（朝井リョウ『桐島、部活やめるってよ』集英社、二〇一二年）

チームのなかで桐島の役割を代わりに引き受けるようになった「俺」はしかし、最初から自分のほうが桐島より全体を見ていた、とここで語る。自分が「上」であることを自らが自らに語るわけである。なるほど、「スクールカースト」もつまりは「感情」なのだな、

と納得はする。しかし興味深いのは、ここでどちらが「チーム」という全体をより俯瞰《ふかん》しうる位置にいるか、というポジショニングが問題とされている点だ。つまり「学校」（この場合はチーム）という「カースト」の外側からそれを特権的に見える場所をとりにいくゲームが描かれているように感じられる。それは「スクールカースト」論で言われる「上」「下」のヒエラルキーとは違う。

この「上」の者たちが競う立ち位置は「社会学者」の立ち位置であるようにぼくには思える。「現象」の外から「現象」を俯瞰することで当事者でないという自分を立証する、という欲求をぼくは九〇年代以降の社会学や批評、そして「論争」のなかに強く感じる。このように「スクールカースト」において「上」の者たちはヒエラルキーの「上」「下」でなく、相対化のゲームをおこなっている。それは「俯瞰」能力こそがカースト内の強者の条件である、という一連のスクールカースト論とも一致するところだ。

だから『桐島』においても「上」「下」を「階級」として意識しているのは常に「下」の者たちである

自分は誰より「上」で、誰より「下」で、っていうのは、クラスに入った瞬間になぜだかわかる。僕は映画部に入ったとき、武文と「同じ」だと感じた。そして僕らはまとめて「下」なのだと、誰に言われるでもなく察した。

（前掲書）

このように「スクールカースト」はあくまで「下」の者が勝手に抱く自意識として描かれる。そして、このような「下」の者の姿はそのような行動を「俯瞰」する「上」の者の視点で描かれるのだ。

大人しい子たち、ああもう言葉選ぶのめんどくさい、ダサい子たちは遠慮がちに、「私達は私達で組むから大丈夫」なんて言いながら、六人で視線を交わしながら輪から離れていく。きっと、あまりものとして私達四人のグループに追加ふたり、なんて形になるのが嫌なんだろう。そりゃそうだ、私だってそんなの嫌だ。なんで体育の時間中ずっと肩身の狭い思いしなくちゃいけないんだ、ってそんな思いをさせているのは私達か。別にそんなつもりはないんだけどな、私は。

（前掲書）

つまり、この小説において描かれるのは「スクールカースト」というシステムの「上」

「下」でなく、誰よりも「外部」に立つというポジショニングのゲームを「上」の生徒たちがやっている姿である。ぼくにとってこの小説の読後感がひどく悪かったのは実はこの「社会学」性にこそある。

　その社会学性ゆえにこの小説は「スクールカーストとそのなかにいる人々」を「俯瞰」するキャラクターが上位に置かれる。それはおのずと作者の立ち位置を決める。「上」に行けば行くほど、「外」に行けば行くほど「観察者」としての特権性を獲得していき、最上位に「作者」の立ち位置がある。それは創作においてしばしば言われる神の視点や観察者の視点とは少し違う。制度を観察や俯瞰できない外側に行った桐島が描かれないのは、作者が桐島のように世界の外側に出ることを小説家の役割として全く意識していないからである。作者も作中人物も世界の内側でより優位なポジションをとろうとしているかの印象がある。作者は自身の小説世界の俯瞰者としてカーストの最上位にポジショニングしている自分を少しも疑わない。その屈託のなさがこの作者の美徳なのだろう。

　だからこのスクールカースト小説は、「俯瞰」はするが、「制度」を疑ったり、反転させようとしない。階級闘争は存在しない。カーストが「上」の美少女が「下」の映画部の少年に「話しかけよう」と決意するモノローグで小説は閉じるが、それは「革命」などではない。「上」の人が「下々」に声をかける、感情労働を施すというのは、口悪く言えば皇族と庶民の関係であり、皇族の人々に悪意がないように、この最終章のヒロインにも悪意はない。

彼女はその善意をこう語るのみだ。

私は『ジョゼと虎と魚たち』が好きで、同じクラスにもそれを好きな子がいる。ただそれだけのことだ。それなら、話しかけたほうが絶対に楽しい。絶対に楽しくなる。そんな単純なことなのに、どうしてこれまで踏み出せなかったんだろう。

（前掲書）

しかし、お姫様の善意で社会システムは変わらない。お姫様が貧しい人々に声をかけて自分の世界をわずかばかり広げるだけの話である。このように階級の上位でより俯瞰しうる立場の側からこの小説は一貫して書かれている。

さて、作者は高校から大学に舞台を移した『何者』においては、より「外部」に立とうとする大学生たちのポジショニング争いを、さらに「外」からそれを俯瞰してみせる。

「だってあんた、自分のツイート大好きだもんね。自分の観察と分析はサイコーに鋭いって思ってるもんね。どうせ、たまに読み返したりしてるんでしょ？　あんたにとってあのアカウントはあったかいふとんみたいなもんなんだよ。精神安定剤、手放せるわけないもんね」

（朝井リョウ『何者』新潮社、二〇一五年）

「Twitterで仲間をクリティカルに俯瞰する「俺」をさらに俯瞰する。このような、より外へ外へという相対化のなかで「読み手」はより俯瞰できる優位なポジションに同調し続ける。小説内での「神の視点」の奪い合い、という奇妙な動機にこの小説は支えられている。そして、こういったポジショニング争いから一挙に自己肯定に転じるところが、朝井リョウの小説の特徴にもなっていて、そこが「共感」を呼ぶ点なのであろう。しかし、彼は「制度」を疑うそぶりは見せても否定はしないし、「上」からの視点で書かれるから「制度」の解体をそもそも望まない。

このように、朝井の小説に欠落しているのは「革命」という主題である。むろん、欠落していて一向にかまわないのだが。

しかし実はこの印象は、この章を書くためにスクールカーストの議論の種本にしようと初めて読んだ鈴木翔『教室内《スクール》カースト』にむしろ強く感じたことだ。朝井の小説の「社会学」性と鈴木翔の社会学者としての立ち位置はひどく似ている。

大学院生の良くできたレポート（実際にそうなのだろう）にどうしても読めてしまう『教室内《スクール》カースト』で、鈴木は自著をこうまとめる。

本書では、「いじめ」という文脈をはずして、あらためて生徒の人間関係にスポットライトを当てることによって、同学年の生徒の中に存在する非常に生々しい序列構造を描き出してきました。

とはいえ、本書では、この生々しい序列構造を描いたからといって、今学校で生活している児童生徒側に対しても、先生方に対しても、個人的な攻撃をするつもりは一切ありません。

ただ、このままではマズいな、ということは、本書の執筆を通して、痛いくらい感じています。

（鈴木翔『教室内《スクール》カースト』光文社、二〇一二年）

何よりスクールカーストの「生々しい序列構造」を描き出した、と自己評価する立ち位置は『桐島』におけるチーム全体を俯瞰しようとするバスケ部員の立ち位置と似ている。

この「自己評価」におそらく若い読者は違和を持たず、ぼくは持つ。そこに断絶がある。そして彼は誰かを批判するつもりはない、という一方で、「マズいな」とは言う。しかし「マズい」のが「システム」だと明言はしない。スクールカースト内の「先生方」や「児童生徒」に「個人的な攻撃をしない」という言い方は、逆に問題が彼ら個人に帰すると暗に語っているようにも思える。

そして、この社会学者は三つの提言をする。何も言わないことへの批判にあらかじめ答えている点で周到である。むろん、ここにも悪意はない。

彼の提言は、

①学校にいる間だけ「感情のコントロールをする」（つまり我慢しろ）
②「学校とは違う評価をする場所」に行く（しかし、具体的に示すのは成績という「単純な評価」の「進学塾」頼みである）
③「どこにも行かない」（つまり、中学や高校を辞めてもフリースクールに行けばいい）

の三点である。

つまり「スクールカースト」というシステムを精緻に分析し、それを「マズい」と思いつつ、しかしそれを何らかの形で解体してく方策を仮説として提言するわけでもなく、その制度はそのままで、「個人」の水準で我慢するか、その外で塾で受験勉強に励むか、「引きこもれ」とはさすがに言えないから大検でもとれば、という「制度を批判しない解決」を示す。いわば下位カーストの者たちに「感情管理」を要求するのである。

これは貧困を社会システムの改善でなく、個人が自助努力をすることで解決せよ、という自己責任論と同じ構図である。制度を変えるのではなく、自分のほうを変えようという、何とも非社会学的な思考であるところが興味深い。「感情」、つまりは気の持ちようによって世界は変わる、という論理である。

鈴木にはおそらく自己責任論を語っている自覚はないが、学校という制度や教師に対する提言も、「上位」カーストの者への戒《いまし》めもなく、ただ「下位」の者の耐え方を示しているにすぎない。しかし、中学で耐えても、高校、大学とカーストは続き、「受験」はよりリアルなカースト化の手続きであり、「大検」は社会のカーストの下位に行け、と言っているに現状は等しい。「大検」によって学歴が現実的にどの程度、リセットしうるのかといえば、これは全くの自己責任、自助努力でしかない。それが「現実」だとしても、「現実」の「容認」を社会学者や文学が求めることにぼくは強い違和感を持つ。

そして若い世代は持たないだろう。

例えば、先ほどパソコンを開いたら「音楽に政治を持ち込むな」という声をまとめたサイトの記事が目に飛び込んできた。政治でないロックやフォークやラップというものがなるほど現在の音楽なのか、とあらためて感心もする。いまや若者にとって体制を疑うサブカルチャーは「悪」であるようだ。だから抵抗文化は「体制」に対してでなく、「反体制」へのカウンターとして成立するのだろう。ニコ動などはその典型であろう。

このような「スクールカースト」と呼ばれるようなクラス内の「上」「下」関係は「スクールカースト」ということばがなかった時代にも小説のなかに書きとどめられていることは思い出していい。

『セヴンティーン』はスクールカースト文学である

朝井リョウの「スクールカースト文学」を読みながら、ぼくがただちに連想したのは大江健三郎の『セヴンティーン』である。社会党の委員長を刺殺した右翼少年をモデルとするこの小説が果たして「反体制」文化の消えた現在、そもそもどう読まれるかはさておき、主人公の「おれ」が通う進学校とおぼしきクラスの試験後の光景に注意してみよう。これは六〇年代の光景だが、こういった光景はこのあとも進学校では七〇年代のある時期までは見られた。

試験のあとの教室は厭《いや》らしい、みんなうつむいて熱心に答案を書いたあとなので頬を上気させ眼はうるみ、ペッティングのあとのような猥褻《わいせつ》な表情になっている、そしてむやみに昂奮《こうふん》しているか意気銷沈《しょうちん》している、おれはその意気銷沈組だ。皆なが思いおもいのグループでかたまって試験の結果について話しあいはじめる、そのときになってもおれは椅子に坐ったままぐったりして頭をたれていた。優等生の連中はかれらだけでかたまって、冷静に話合っている、おれは去年まであのグループだった、しかし今はそこに加わりに行く勇気がなかった。

(大江健三郎「セヴンティーン」『性的人間』新潮社、一九六八年)

「成績」というよりは「受験」というゲームにいかにスノッブなスタンスをとり、その「制度」をいかに俯瞰するか、という闘争がここにはある。しかしよく見れば、現在の「スクールカースト」は先の引用で示されたように、最初から「クラスに入った瞬間」に所与のものとなっているのに対し、ここには少なくとも階級をめぐる「闘争」があることがわかる。そして「おれ」はその「上」のグループから脱落しているのである。

生徒らは試験問題について論評し合う。それが彼らの「闘争」の一部だが、その嫌味さは直接小説にあたってほしい。

そして当然、この「上」「下」のポジショニングからわざと外れて「相対化」してみせる者もいる。

この男は頭の良いやつなのだが変り者で、またそれをつねに意識してふるまう男だ、渾名《あだな》が《新東宝》だ、他の会社の映画をぜったいに見ないで、エログロ三本立週間などというのを場末まで追いかけるからだ、ときには千葉県へまでも追いかける。

（前掲書）

「《新東宝》」（ピンク映画のレーベル）があだ名のこの生徒は、わざと下ネタを連発するが、彼のふるまいはもまた、より外部へと向かう「闘争」にほかならない。

このように小説『セヴンティーン』はいわば「スクールカースト」の「下」にいまやある「おれ」の焦りが彼の自意識となり、その描かれ方はそれこそ堀江貴文の嫌う「描写」となる。朝井であれば数行ですます煩悶が、文庫本にして一〇ページ費やされるので、それについても、是非とも大江の小説を読んできっちりとうんざりしてほしい。[注8]

さて、この「《新東宝》」は「おれ」になぜか興味を示し、こう誘う。

「《右》のサクラをやらないか、よう?」と背後から近づいてきたやつが呼びかけた。

（前掲書）

先の鈴木の「スクールカースト」脱出法にしたがえば、学校の「外」へと「おれ」は誘われたのである。しかし、そこは塾でもフリースクールでもない。「おれ」が誘われたのは右翼団体の「サクラ」であり、党首の演説に白々しい拍手を送る役割だ。

だが、そのサクラと遠巻きの聴衆の冷笑のなかで一人怒号する右翼政党の党首に「おれ」はシンクロする。

その「おれ」にこうことばが投げかけられる。

「あいつ、《右》よ、若いくせに。ねえ、職業的なんだわ」

おれは激しくふりかえり、おれを非難している三人組の女事務員が一瞬動揺するのを見た。そうだ、おれは《右》だ、おれは突然の激しい歓喜におそわれて身震いした。おれは自分の真実にふれたのだ、おれは《右》だ！　おれは娘たちに向って一歩踏みだした、娘たちはおたがいの体をだきしめあって怯《おび》えきった小さな抗議の声をあげた。おれは娘たちと、その周囲の男たちのまえに立って、それらすべての者らに敵意と憎悪をこめた眼をむけ黙ったままでいた。かれらすべてがおれを見つめていた、おれは《右》だ！　おれは他人どもに見つめられながらどぎまぎもせず赤面もしない新しい自分を感じた。

（前掲書）

つまり「《右》」と名づけられることで、「おれ」は「《左》」にいわば見下されたと感じたのだ。この小説が書かれた時点では「右翼」はいまよりはるかに蔑視されたのである。「見下される」、つまり「カースト」の下位やそのヒエラルキーの「外」に踏み出すことで彼はむしろ「おれ」の根拠を見出す。このカーストの下位である、あるいはその外に自ら出たという自負こそが「おれ」を形作るのである。
だから、右翼の党首はそれを特権化するかのように「おれ」にこう言う。

逆木原国彦はいったものだ、《きみにわれわれの思想をたたきこむのは、できあがっていた瓶《びん》に酒をそそぐようなものだ。それにきみの瓶は砕けず、この醇乎《じゅんこ》たる美酒

注8　大江健三郎『性的人間』新潮文庫、一九六八年

は零《こぼ》れることがない。きみは選ばれた少年だが、《右》は選ばれた存在だ、いまにそれが世間の盲どもに太陽のようにはっきり見えるようになるだろう、それが正義なんだよ》

（前掲書）

このように、スクールカーストの外のヒエラルキーのなかでさらに最下位にいる「《右》」を選択することで、少年は「選ばれた少年」に変容するのである。大江がここで描いたのは、ヒエラルキーの最下層にいる存在が、ヒエラルキーや制度を懐疑し、反転しえる特別な立場にいるというひどく懐かしい「かつて」の革命思想である。

それは「右」も「左」も変わらないものだった。

しかも、「おれ」の「右翼」入りは結果として彼のスクールカースト内での地位を飛躍的に向上させさえする。

おれの回心は学校でもっとも劇的な成功をはくした。あのおしゃべりの新東宝は、いったんおれが皇道派に正式に入ってしまうと、結局皇道派では単なる気分的なシンパにすぎなかった自分の立場がおれに知れてしまったことをさとり、それからおれのための宣伝係、伝記作者となった。

（前掲書）

そうやって「スクールカースト」内の階級反転に図らずして成功した「おれ」は、さらなる制度の破壊者＝革命家として「覚醒」するわけである。

とはいえ、『セヴンティーン』はスクールカーストの反転によって「おれ」が「右翼」として覚醒しただけの物語だとするのは小説の理解としては正確でない。「おれ」が「右翼」として成長することは同時に身体の成長をともなう。『セヴンティーン』は「精神」よりも「身体」のビルドゥングスをより強烈なモチーフとする。この時代の「文学」に特権的に見られる「肉体」への欲求は大江の同年代の石原慎太郎にも共通で、それをわざといや、いや、いや、やりすぎてみせると年上の三島由紀夫になることは言うまでもない。

「肉体」は例えば以下のように描写される。

おれは大人の性器の、包皮が剝《む》けて丸裸になった赤黒いやつが嫌いだ。そして、子供の性器の青くさい植物みたいなやつも嫌いだ。剝けば剝くことのできる包皮が、勃起すれば薔薇色《ばらいろ》の亀頭《きとう》をゆるやかなセーターのようにんくるんでいて、それをつかって、熱にとけた恥垢《ちこう》を潤滑油にして自瀆できるような状態の性器がおれの好きな性器で、おれ自身の性器だ。

（前掲書）

青い翳《かげ》りをおびた白く柔軟な包皮にくるまれたおれの勃起した性器はロケット弾のようで力強い美しさにはりきっているし、それを愛撫《あいぶ》しているおれの腕には、いま始めて気がついたのだが筋肉が育ちはじめているのだ。おれは暫《しばら》く茫然《ぼうぜん》として新しいゴム膜のような自分の筋肉を見つめていた。おれの筋肉、本当に自分の筋肉をつかんでみる、喜びが湧《わ》いてくる、おれは微笑した、セヴンティーン、他愛ないものだ。

（前掲書）

こういった「身体」をめぐる過剰な描写は当然、『桐島』にはない。
だが大江の描く「おれ」は、自身の身体が「形成」を開始していることに気づき、それが「《右》」という精神を補填することを理解する。つまり、『セヴンティーン』は精神と身体のビルドゥングスを描く点で教養小説的なのである。その「身体」がしかし、もっぱら「男根」と「自瀆」をめぐってのものであるあたりが大江らしいが、障子から女性に対して「男根」を突き出して本か何かを投げつけられ、そこに愉悦を感じる石原慎太郎のマゾヒズム的な『太陽の季節』と比したとき、大江のほうがはるかに男性原理的である、ということは『サブカルチャー文学論』に書いた。この「男根」のビルドゥングス・ロマンは大江から村上へと連なる馬鹿げた部分でもある。しかし良くも悪くもビルドゥングス・ロマンとしての要素が朝井リョウの青春小説には欠如している。運動能力も成績もスクールカースト内では最初から決まってしまっているから、「ビルドゥング」は成立しないのである。朝井は教養小説が不可能な「文学」なのだと言える。

ライトノベルはプラットフォームを懐疑できない

さて、再び「朝井リョウ以降」の小説に戻る。

ラノベ投稿サイトで「スクールカースト」のタグがそもそも存在し、朝井の小説においても映研が最下位のカーストであり、webで「スクールカースト」「画像」と検索したとき、その三角形の図の最下位に「おたく」「腐女子」がくるように、「ラノベ」において舞台となる学園のなかでスクールカーストは所与の舞台設定であるだけでなく、主人公は「おたく」「腐女子」であるという点で、ラノベ系スクールカースト小説は、カーストの下位の視点から常に描かれる。

　こういう言い方はラノベ作家を見下すのではなく、むしろ「評価」として記すのだが、朝井リョウのカースト文学が上位カーストのそれだとすれば、ラノベは「下位カースト」の文学なのである。「かつて」であれば上位カーストにいた人々の文学が「前衛」として革命に邁進《まいしん》してくれたものだが、そういう意味での「前衛」はもういない。上位カーストの文学は、すでに見たようにスクールカーストで生じる問題を「制度」のせいでなく「自己責任」化するだけである。だとすれば、下位カーストの「文学」としての「ラノベ」は当然、階級への「革命」を求めなくてはいけない。

　しかし、果たしてそれは可能なのか。

　このエッセイを書いている時点で最も新しいスクールカースト「ラノベ」である、松村涼哉『ただ、それだけでよかったんです』は、「スクールカースト」に対する「革命」を少なくとも作中のキャラクターが口にしている点で興味深い。あとがきを見ると著者は社会学の院生で、一瞬『教室内《スクール》カースト』の著者が小説を書いたのか、と思ったが、著者紹介を見れば一〇歳近く若い。

　まず最初に確認しておけば、この小説は「ラノベ」の約束事にきわめて忠実である。すなわち「学校」が舞台だが、帯に「教室」は「セカイ」とルビを振っているように、閉じた学校のなかが物語の世界のすべてである。叙述は会話が中心で、描写は少なく、キャラクターは「口調」（例えば男性ふうに話す女性キャラクター）によって描き分けられる。ちなみに「描写」のかわりにキャラクターは挿画として示されるわけだが、前半の作中人物の自殺やいじめから始まっていく展開のなかで、ぼくはこのキャラクターイラストに違和感を持った。それは作者の書いていない「身体」性を小説から無意識に読みとろうとした結果だろう。大江のようなマスターベーションもペニスも描かれないが、この小説にはアニメ絵からほんのわずかに逸脱するくだりが一つ二つあるから各自、探すことだ。

構成は雑誌『ファウスト』以降のラノベのスタイルの一つであるミステリー形式である。語り手が弟を自殺に追込んだ犯人を探していくという構成で、「犯人」はミステリーの古典的な禁じ手の一つである。ストーリーラインも物語の構造に教科書的に忠実で、語り手の日常が壊れ、主人公がミッションに参入し、メンターや情報提供者が現われるというキャンベル的な導入部の構造を持っている。二人いる語り手の一人は「革命」に失敗するが、女の子との絆をつくることで終わることも「ラノベ」というジャンルの要請だろう。結末については、主人公が、結局、制度の前におのれの無力さを知る、ということは体制に逆らうことって無駄だよね、とネガティブに読めなくもない。

だがそのうえで「革命」という言い方で自分を疎外するシステムに対して主人公にその

否定を試みさせているその視点はまず注意していい。しかし、同時にそれが「革命」の頓挫と母性的なものへの回帰という点で、かつて山下悦子という批評家が日本の近代小説の「転向」とは母の膝への帰還にほかならない、と指摘した議論[注9]のなかにとどまっている点で、一番新しい「転向小説」だと言えることはあらかじめ付記しておく。

この小説は一人の少年を自殺に追いやった真相を少年の姉と親友がそれぞれ追求していく構成で、この二人の一人称によって描かれている。作中においてはスクールカーストが学校運営の制度になっている、という「設定」が示されている。作中が「設定」という社会的システムに常に統治されていることはこの小説に限らずラノベの一つの可能性なのだが、ここでは論じない。学校内では、スクールカーストの数値化、つまり、生徒同士が格づけし、点数化する「人間力テスト」がおこなわれている。

人間力テストは二種類の質問事項によって構成される。

『この時代、○○に重要な能力はなんだと思いますか？　以下の群から三つ選びなさい』

『同じ学年の中で、××を持つ人物を挙げてください』

その二種類だ。

○○にはリーダー、上司、人気者、などといった言葉が入る。リーダーに必要なものは何か？　友達になりたいのは何を持つものか？　文化祭ではどんな能力を持つ者がいれば役に立つか？　将来、仕事で活躍するのに必要な能力は何か？　などとなる。そして、××には、優しさ、真面目《まじめ》さ、外見の良さ、などが書き込まれる。生徒は各々《おのおの》の理想像やその理想に合った人間を答案に書き込むのだ。「リーダーシップには勤勉さ、優しさ、カリスマ」「学年の中で、一番勤勉なのは加奈子《かなこ》、二番目は妙子《たえこ》」などと。

最後に、すべてを点数化する。現在、生徒が重要視する能力を持った人間ほど高得点というわけだ。生徒全員の順位を公表することはないが、生徒たちは自分の順位や点数を目《ま》の当たりにすることになる。

（松村涼哉『ただ、それだけでよかったんです』ＫＡＤＯＫＡＷＡ、二〇一六年）

このように、スクールカーストが学校運営のシステムとなっている、というこの設定は、作者もまた社会学者である以上、教員側が相応にこれを「活用」しているとおぼしきことを一方では踏まえているのだろう。しかし他方、このような総合評価システムを「活用」

注９　山下悦子『マザコン文学論――呪縛としての「母」』新曜社、一九九一年

することによって、社会学専攻の大学院生としての作者が生きるアカデミズムや、ｗｅｂ上のプラットフォームがいまや成り立っている。何よりもこの小説が投稿された「ラノベ」という領域そのものがこのような評価システムによって運営されているまでは当然、作者は折り込みずみであろう。その意味で「ラノベ」という制度そのものの「比喩」としてもこの「人間力テスト」はある。この作品が刊行された「電撃文庫」はなるほど「新人賞」という形式はとってはいるが、この小説が投稿された「電撃文庫」のレーベルの発行元のＫＡＤＯＫＡＷＡは小説投稿サイト「カクヨム」を運営する。ＫＡＤＯＫＡＷＡに限らず、刊行されるラノベの挿画の描き手もまた多くはイラスト投稿サイトの上位者から選ばれる。多くの出版物がｗｅｂ上の「評価」を規準にブログや投稿サイトから書き手を自動的に選んでつくられている事態がいまやあって、「出版」とこの小説内の制度が全く相似形であることは言うまでもない。この小説が「ラノベ」という制度、ＫＡＤＯＫＡＷＡというプラットフォーム企業への「懐疑」から始まっているのか否かは興味深いところだが、これを刊行した編集者には自らを疑う小説を刊行したという自覚はないだろう。

さて、小説の結末に触れることがいまや倫理的な問題として糾弾されるが（つまり、それは小説に「文体」や「主題」といった「かつて」の小説を読むポイントがなく、「オチ」だけしか必要とされていないことの現われでもある）、級友を自殺に追いやったとされる同級生の一人が、このような「制度」を破壊せんと仕掛けた「革命」が誤作動して頓挫し、しかも彼自身が実は「制度」の運営者の庇護下にあった、という結末が待っている。つまり「革命」の失敗は「相対化」の失敗として描かれる。

その事件の「黒幕」は「革命」に失敗した少年にこう語る。

「そこまで調査して分からなかったのか。人間力テストを壊《こわ》してどうなる？　それで人間関係が楽になるとでも？　無理だ。現代社会において人々は評価軸を他人に依拠せざるをえない。少し学習すれば、すぐ理解できる内容だ」（前掲書）

「残酷《ざんこく》な事実だが教育に失敗は付き物だ。悪夢と呼ぶべき破綻《はたん》も何度か経験した。だが我々は一つの失敗に折れるのではなく、その経験を糧《かて》にして進まねばならない。岸谷昌也《まさや》、そして、菅原拓《すがわらたく》、貴重なデータをありがとう。こう言ってはなんだが――ご苦労だった」（前掲書）

こういった「制度」の側の身も蓋もない「通告」に対して、「革命」を企てた主人公は自らビルドゥングス・ロマンの失敗をもあっさりと認める。

中途半端《はんぱ》に思っただろう。
僕の成長はなし。
昌也が自殺した意義もなし。
そんなこと知らないよ。

（前掲書）

つまり「成長しない」というこの国の近代小説の選択に忠実な結末であると少年は自ら語るのである。だがこの小説の「少年」には『セヴンティーン』の「おれ」のごとき精神や肉体のビルドゥングへの欲求は希薄のように思える。「成長」をさして希求していなかったのにもかかわらず、成長の失敗を自ら語るのである。
しかし、最終的に告白されるのは「僕」の承認欲求である。

嘲《あざけ》ってほしい。蔑《さげす》んでほしい。僕の隣《となり》にさえいてくれれば、何をしてもいいから。

僕を見て欲しかった。
僕の言葉を聞いて欲しかった。
どんなことでもいいから、『キミ』と何度でも語り合いたかった！
「僕の望みは、ただ、それだけでよかったのに……」

（前掲書）

この作者がどこまで「社会学者」として自覚的にこのくだりを描いたのかわからないが、そのような「承認欲求」としての「ことば」こそが近代における投稿空間として成立した「小説」の本質（「言文一致」が、文芸誌に投稿される承認欲求のことばの群れとしてこの国の近代に現われたことは言うまでもない）であり、それをweb上でより可視化したものが「ラノベ」、もしくは、あらゆるweb上のことば・表現をめぐる評価システムである、ということを「ぼく」はここで「肯定」しているに等しい。そういう意味でこれは「革命」を目論見ながら頓挫し、むしろ「制度」を肯定するという点で、先に述べたように良くできた「転向小説」であるといえるわけだ。当初、小説の動機としてあった「社会」への異議申し立てがあっさりと放棄されるのだ。

そもそも近代小説が「個人の承認欲求」に支えられているというのは明治の投稿小説以

降、一貫してきた問題ではある。だから、川端の『伊豆の踊子』において主人公が「巡礼」に出る理由もまたこうである。

二十歳《はたち》の私は自分の性質が孤児根性《こじこんじょう》で歪《ゆが》んでいると厳しい反省を重ね、その息苦しい憂鬱《ゆううつ》に堪《た》え切れないで伊豆の旅に出て来ているのだった。だから、世間尋常の意味で自分がいい人に見えることは、言いようなく有難《ありがた》いのだった。山々の明るいのは下田の海が近づいたからだった。私はさっき竹の杖を振り廻しながら秋草の頭を切った。

（川端康成『伊豆の踊子』新潮社、一九五〇年）

つまり「孤児」なので「性質」でいじけているから何とか自分の精神を成長させたいという教養小説的動機に支えられている。同様に村上春樹の小説やエッセイを読んでいっても彼の心的な欠損は「ひとりっ子であること」ぐらいしか見当たらないことを連想させもする。そしてそもそも「社会」というものを必要としないこの国では、「社会」の不成立と「没我」への帰還を描いた反教養小説が一つの形式として確立されていることは幾度も述べてきたが、このスクールカーストラノベはその「伝統」に忠実なのだ。

だが、この「転向小説」は同様に成長しないビルドゥングス・ロマンの系譜に収まるものの、同じように「成長」の失敗の結末の末に主人公に差し出される「身体」の差異については川端康成の『伊豆の踊子』と対比してみる必要がある。

「書生」は踊り子の身体を手に入れられず、かわりに彼女と同じ名の「カオール」という口中清涼剤」を兄から差し出される。そして踊り子の身体の代わりに書生が得るものは何か。『伊豆の踊子』のラストで書生は伊豆の船着き場で坑夫から息子に死なれた老婆と、この老婆が連れた赤子と少年を東京まで連れて帰るように懇願される。そして、この少年の身体を抱きしめて、東京へ向かうのである。踊り子の身体は「少年」の身体にすり替えられたのである。

海はいつの間に暮れたのかも知らずにいたが、網代《あじろ》や熱海には灯があった。肌《はだ》が寒く腹が空いた。少年が竹の皮包を開いてくれた。私はそれが人の物であることを忘れたかのように海苔巻《のりまき》のすしなぞを食った。そして少年の学生マントの中にもぐり込んだ。

（前掲書）

船室の洋燈《ランプ》が消えてしまった。船に積んだ生魚と潮の匂《にお》いが強くなった。真暗ななかで少年の体温に温まりながら、私は涙を出委《でまか》せにしていた。頭が澄《す》んだ水になってしまっていて、それがぽろぽろ零《こぼ》れ、その後には何も残らないような甘《あま》い快さだった。

（前掲書）

この描写は別にＢＬでも何でもなく、彼は未成熟な彼自身を抱きしめているという表現してとるべきだが、対して『ただ、それだけでよかったんです』は、こう閉じられる。

紗世さんが僕に優しく笑いかけながら、抱きしめてくる。
僕はその紗世さんの温《ぬく》もりを感じながら、いつまでもいつまでも泣いていた。

（松村涼哉『ただ、それだけでよかったんです』ＫＡＤＯＫＡＷＡ、二〇一六年）

こうして比べてみたとき、この二つの小説の描写は思いがけなく酷似していることに気づく。しかし決定的に異なるのは、未成熟な自分の比喩としての少年を抱きしめたのではなく、成長できなかった自分を母性的な身体が抱きしめる点である。

実はこの小説は作中でひどく存在感の薄かった両親から主人公が解放されたことを結末の一つとしている。しかし、それは主人公も認めるように「成長」ではない。この小説は主人公の少年が本当の父（作中でスーさんという名のｗｅｂ上の相談相手）や「母」（その姪）を求めるという点でファミリーロマンスなのである。そして、この主人公は「黒幕」、つまり作中の象徴的な「父性」を殺し損ない、むしろ屈服し、同様に作中で「母性」を代行する女性キャラクターの胸に抱かれるのである。だからそれは『伊豆の踊子』よりむしろ、村上春樹が『海辺のカフカ』で「父殺し」を誰かに代行してもらい、「母」と寝ることのみをおこなったこととひどく似ていると言ってもよい。

そのとき、少年が何事かを「聞いてほしかった」相手は「父」であり、しかし聞いてくれない「父」に拒否され、「母」に抱かれる。この結末はすでに最初にぼくが結論として述べた「母の膝」への転向ないしは回帰にほかならないことがわかるだろう。

少女小説、つまりは当時の〈ラノベ〉として竹久夢二の挿画によって刊行された『伊豆の踊子』の結末で書生が抱きしめたものと、『ただ、それだけでよかったんです』において「僕」を抱きしめたものの違いは「成熟できないビルドゥングス・ロマン」という形式に対する二人の作者の立ち位置によるのだろう。そして「抱きしめた」のか「抱きしめられた」のかについても、些細な違いだが、「成熟拒否」に対する批評的距離の違いになっている。少なくとも大江と石原程度の「違い」には充分になる。大江はひたすら「自瀆」し、石原は実は女に「抱かれる」のである。

このように、社会学者の手による『ただ、それだけでよかったんです』は「スクールカースト」という制度、あるいは「小説という制度」を正確に見通すことができた。しかし、その制度を破壊することを試みようとしない。川端は小説の「構造」を踏まえたうえでそれを「変形」させて、いわば形式の美学をいかにもフォルマリストであった彼らしく描いた点で、小説という制度を操りうる「作者」としてある。「ただ聞いてほしい作者」と「小説という形式の使い手である作者」とのわかりやすい違いがここにはある。そして前者から後者への「成熟」をかつてこの国の文学者たちはたどっていた。ラノベ作家を含む現在の小説の書き手がそれを再びたどるのか、たどらないのかは彼らの問題である。

こうやってスクールカースト文学を概観したとき、あらためて共通点として見出せるのは「社会学者的立ち位置」と「制度の肯定」である。それは案外と現在のプラットフォーム上の文学に見られる特徴のようにも思える。

「文学」が「文壇」を疑えないように、ラノベはプラットフォームを疑えない。そして『ただ、それだけでよかったんです』が「制度」を懐疑するものの敗北と、「私」という感情の慰撫《いぶ》を小説の結末とするとき、それはこの国の現在で発せられる声が強者の声、勝者の声である、ということと関わりがある問題だと論を進めておくべきだろう。

小説がいまや評価システムのランクづけである以上、それはそもそもが下位（敗者）が上位（勝者）たりえないことを立証していくことが小説の役回りである。したがって、そこで語られるのはせいぜい勝者による敗者への慰めや承認である。

さて、翻《ひるがえ》ってみたとき、現在の「文学」あるいは「ことば」というものが「勝者」のそれと「敗者」のそれに分類され、そして「敗者」は「敗者のことば」を勝者の前に差し出すことによってのみ「勝者」に認知される、という構図が各所に確認できるだろう。

「敗者の文学」の死

ここから「小説」の問題を外れてみる。この国でいまあることばは「勝者のことば」と「敗者のことば」に区分され、私たちは「敗者のことば」による告発に耳を塞いでいる。沖縄や慰安婦や在日や被差別部落や障害者に対して「敗者」という形容をすることに不適切さはあることを承知で、それらの「声」をあえて「敗者の声」と呼ぶ。「弱者」というものを「敗者」と見なす暗黙の了解がいまあるのは、新自由主義が結局は社会ダーウィニズムに基づくからで、弱者とは「生存競争」の「敗者」と見なされている。「自己責任」論が「弱者」に向けられた瞬間、「弱者」はたちまち「敗者」となる。どちらの側の声に耳を傾けているかで「勝者」と「敗者」に人は区分されてしまい、弱者の声を聞こうとすればそれはそのまま「敗者」に分類される、と言ってよい。こういった「弱者の声の文学」が戦後文学史のなかでどれほどに多様で豊かであったかはここで示す時間はないが、いま、その声を聞こうとすれば「サヨク」や「売国奴」と罵られるのが常だから、そう罵倒される文学者の書物をあなたが勇気を出して手にとればいいだけの話である。

しかし、いまやたいていの人があらゆる意味で勝者の文学に手を出すことで強者の列に加わろうとする。ベストセラーや「文学賞」もそういった「価値」の証明にほかならない。こういった「勝者のことば」に人々が帰依しようとする一番新しい例が、ヒロシマにおけるオバマのスピーチに対するこの国の人々の反応である。

オバマの演説が何ら政治的ビジョンを示さず、ただ「物語を語ること」というおよそ政治家らしからぬものであることについては何かを言う気にもなれない。しかし、このオバマ演説のあとで『文藝春秋』二〇一六年七月号の目次に「オバマは広島で私を抱きしめた」というタイトルが踊ることはやはり気になる。米軍捕虜の被爆者について調査したこの「手記」の著者の仕事について否定する気はないし、むしろ広島や長崎が「被害者としての日本」を特権化することになってはならない点で重要だと思う。しかし、この記事のポイントはそういった歴史の細部に向い合うことではない。

私は言葉につまりながら小さな声で答えました。伝えるべきことは、他にもたくさんありました。それでもオバマ大統領が、私に直接ねぎらいの言葉をかけてくださったことで感情が高まり、言葉が続きませんでした。式典の後、メディアに、「頭が真っ白になってしまった」と言ったのは、そういう意味だったのです。

私の目をじっと見ていたオバマ大統領と私の間にはもはや言葉は必要ありませんでした。心と心は通じあったのです。全てを察し大統領はそっと手を出して、私を抱きしめてくれたのです。もう、涙を抑えることはできませんでした

（森重昭「オバマは広島で私を抱きしめた」『文藝春秋』二〇一六年七月号）

ぼくがただ一つ言えるのは、「勝者」によって抱きしめられ、承認され、涙することにいまや「敗者の声」が変質してしまった、ということである。『ただ、それだけでよかったんです』において〈僕〉を抱きしめるのはスクールカースト制度を操る黒幕の親族の女性であり、善意に満ちた「勝者」であるオバマのごとき属性からなる。

しかし、勝者に抱きしめられ、涙を流し、そこには「気持ち」しか残らないとき、この国の戦後文学の一つの領域であった「敗者の文学」は確実に死んだのである。

第四章 LINEは文学を変えたか

LINEが可視化する「文学」

LINEなどのweb上のことばが、まるでまんがのスピーチバルーンのように表示されるのは、ぼくのような旧世代には興味深い。LINE上の小説のなかにはアイコンで作中人物を表示し、スピーチバルーンによってセリフが表示される形式があるが（図1）、それはまるで絵のない、より正確に言えば、背景はなく、キャラクターの画像とフキダシのみからなるまんがを見せられているような印象を持つ。この画面をコマで任意に分割すれば、そのまままんがになる（図2）。

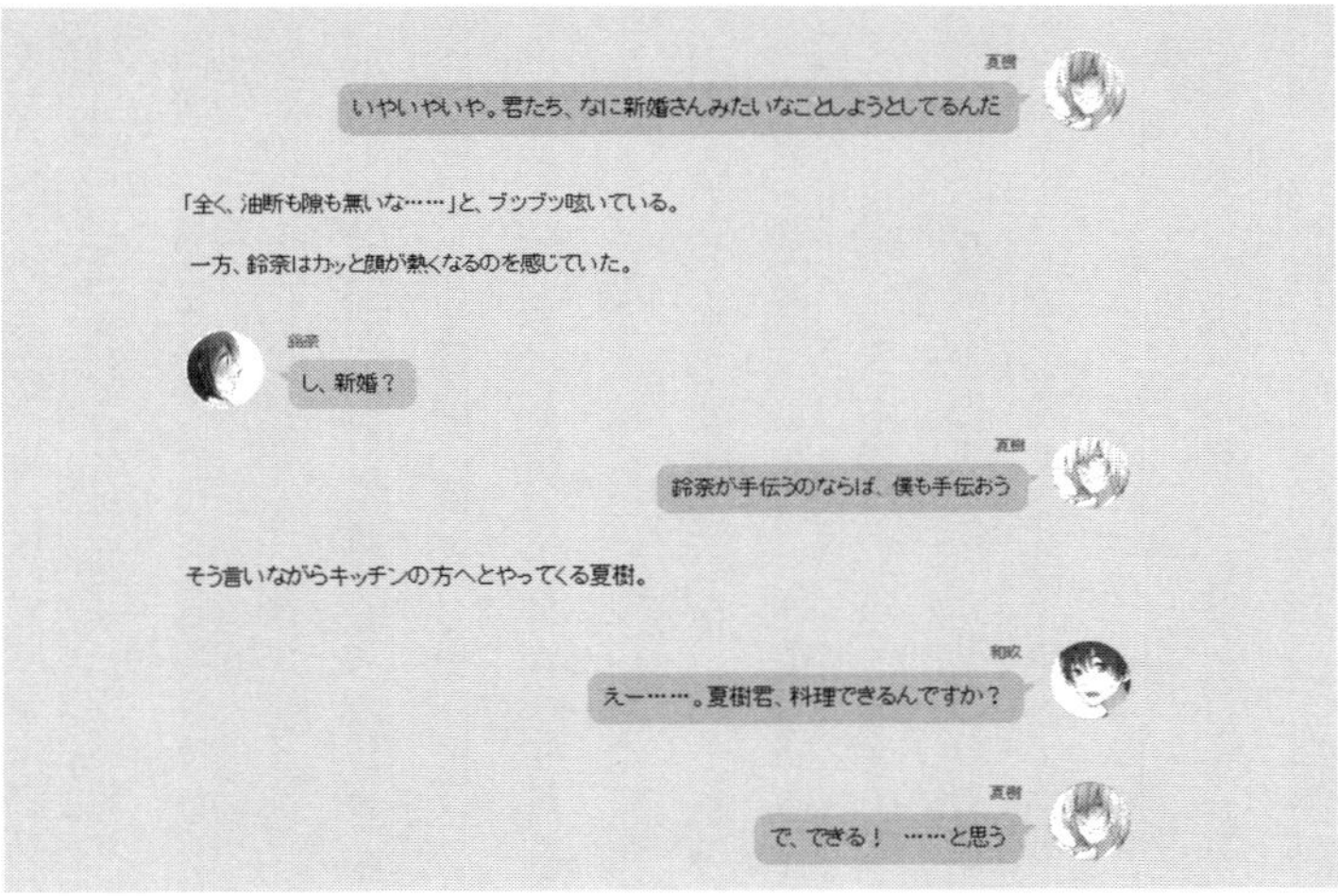

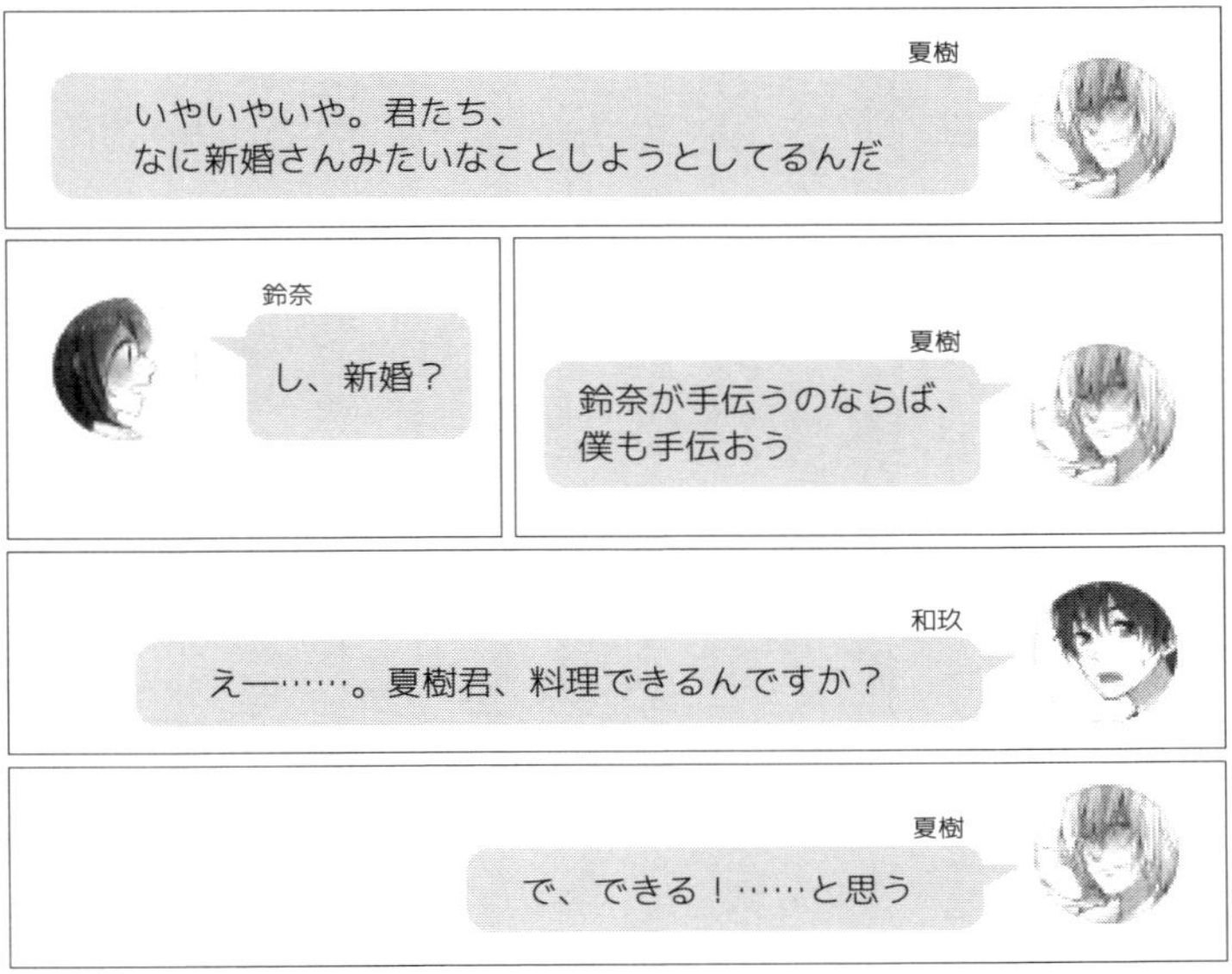

上図1　「93話: 君たち、なに新婚さんみたいなことしようとしてるんだ！」
『そのボイス、有料ですか?』さなだはつね著/comicoノベル
http://novel.comico.jp/4102/99/　©さなだはつね/comico
下図2　図1を任意にコマ割りしたもの。
この画像はcomicoノベルのページを著者の解釈で再構成をしています。

実際、それはｗｅｂ上の新しいまんがの形式をただちに連想させる。会話が中心で背景は極力省略され、キャラクターはアイコン的役割に近く、画面の構図はフラットで、コマとコマの接続の論理においてはモンタージュ（映画的手法）を用いず、縦にスクロールしていくような、例えばcomicoなどの非出版社系のｗｅｂコミックで中心的な手法（図3）は、LINEにおける「私」が発する「アイコン上のセリフ」が上から下にスクロールしていく印象と似ている。

多くのｗｅｂまんがでは、一つひとつのエピソードはせいぜい数頁以内（たいていは一頁）のなかの話題にまとめ上げられ、例えばその上位に「物語の構造」という水準は必ずしも必要とされない。それはLINE上の会話も同様で、それはぼくにはひどく現実感のないキャラクター間の会話のように見える。

ことあるごとにメディア上で引用される、事件の被害者となった人々のLINEが不意にその死によって中断される文面のなかに、不謹慎な言い方だが、同じ印象を感じる。このようなアイコンの不幸な「死」に対して、近代まんが・アニメーション史が記号としてのキャラクターに不意に死を導入してしまった刹那《せつな》のこと、つまりぼくがよく引用する手塚治虫一六歳のときの習作で「まんが記号説」的書式によって書かれたキャラクターが機銃掃射によって不意に死をもたらされたときのことを連想しさえする。当然だが、アイコン

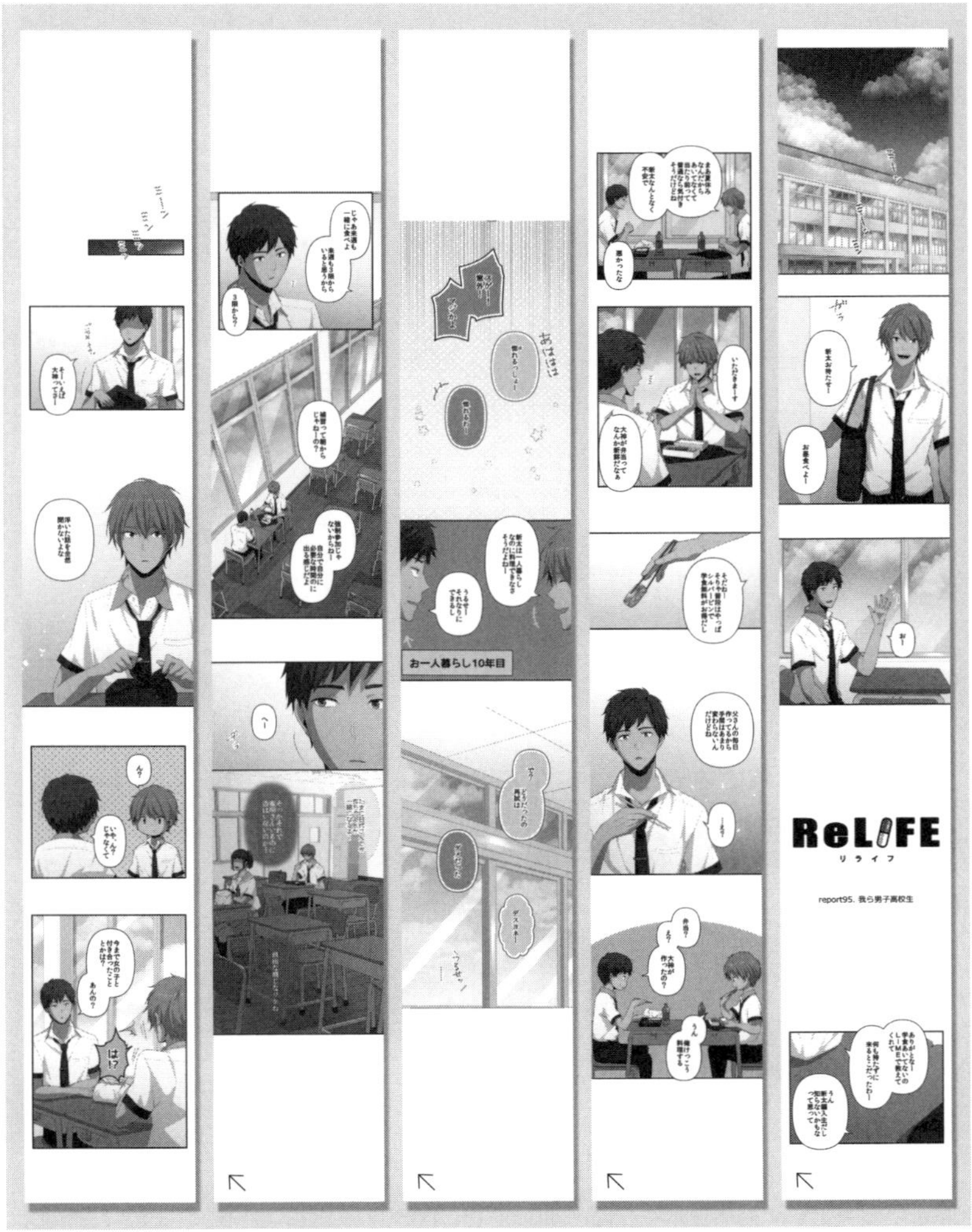

図3 「report95.我ら男子高校生」『ReLIFE』 ©夜宵草作/comico
http://www.comico.jp/detail.nhn?titleNo=2&articleNo=102 NHN comico(株)は2016年6月23日に「『comico』、世界累計2,000万ダウンロードを突破！」と発表。
URL:http://www.nhn-comico.com/press/index.nhn?m=read&docid=9801121

の背後にはまんが表現の「死」と違い、現実の領域での「死」がある。戦後まんが史における手塚のキャラクターをぼくはしばしば「記号と身体の二重性を生きている」と論じるが、それはむろん、まんが表現のなかだけであり、しかし、いま、そのような二重性をLINEの発信者がｂｏｔでない限りは引き受けなくてはいけない。そのことはLINE上のアイコン同士の会話が現実の肉体のうえに越境するいくつかの事件を思い起こすだけでも充分だろう。

こういったｗｅｂ上の会話の書式が、しかし、小説に変化をもたらすとは考えがたい、という異議は当然あるだろう。それはワープロが出現してきたときから始まった議論であり、その過程のなかで横書きの小説など、いくつかの表層的な試行錯誤は示されつつも、しかし、最終的に「小説」、なかでも「文学」は揺るがない、という見解が主流の考え方ではなかったか。ワープロもＰＣも「道具」にすぎず、いわば文房具の変化が文学に変化などをもたらしようがない、という主張は「作者」という特別な存在を擁護する側からは当然、出てくるだろう。だがいったい、人の「書く」という行為がｗｅｂという新しい環境下での適応を求められたとき、それは小説なり文学を変えていってしまう、少なくとも変えよと迫る圧力にならないか、と一度考えてみるべきではなかったか。

むろん、それは旧世代のつくり手が「若者ことば」を文中に借用するというレベルでの

「横書き」なり「絵文字」なりといったｗｅｂ上のことばの模倣を意味しない。同時にｗｅｂという環境のなかで育ち、その環境のなかで小説のようなもの（これはネガティブに言っているのではない）を書き始めた世代の小説からは自明すぎて見えにくい問題かもしれない。そもそも旧「文学」とｗｅｂ上の小説のようなものは「別のもの」だと区別することで、「文学」への変化の圧力はなかったものにできる。そのためには「文学」に生じた変化はあくまでも「文学」内で説明立てればいいだけの話で、近年の小説における「描写の消滅問題」もまた器用な批評家が文学史のなかで整合性のある理由づけをしてくれるだろう。

だが、その「圧力」、少なくとも「軋轢」の所在を私たちが確認することはさほど難しくない。例えばｗｅｂサービスに「文豪メッセンジャー」というものがある。それは青空文庫に網羅された近代小説をLINEの書式で表示するもので、このアプリを紹介した記事にはこうある。

> LINEで友達とメッセージのやり取りをしているかのように、青空文庫の小説を読めるのが「文豪メッセンジャー」です。小節の会話パートが自分と作家の発言となって表示されるので、あたかも文豪と会話をしているかのように話が展開されていき、

なんだか普通の小説よりもスラスラ読める気もします。

（「青空文庫の小説を文豪とLINEで会話をするかのように読める「文豪メッセンジャー」」http://gigazine.net/news/20140904-msgr-novel/）

例えば記事に引用された図4を見ると、太宰治のアイコンが「会話」部分をスピーチバルーン内に表示していくことがわかる。小説の地の文を作者の「会話」として表示し、他方、作中のセリフを読者のコメントのごとくスピーチバルーン内に表示する。セリフごとに作中人物ごとのアイコンを付すほどの機能はないようだが（いずれ可能だろう）、「描写のないまんが」の形式に「文学」を書き換えるのである。引用した紹介記事が「普通の小説よりスラスラ読める」とコメントしていることにも注意したい。この「読みやすさ」は堀江貴文が主張する「読みやすさ」（第六章一九二〜五ページ参照）と一致するのは言うまでもない。

だからアプリは「普通の小説」（この場合、青空文庫がデータベースとして用いられている以上、「近代文学」を広く網羅すると言っていい）の「読みにくさ」についても身も蓋もなく可視化してくれる（図5）。この画像に付された記事のキャプションは「会話のないパートに入ると見たこともない長さのお知らせメッセージとなって表示されます。」

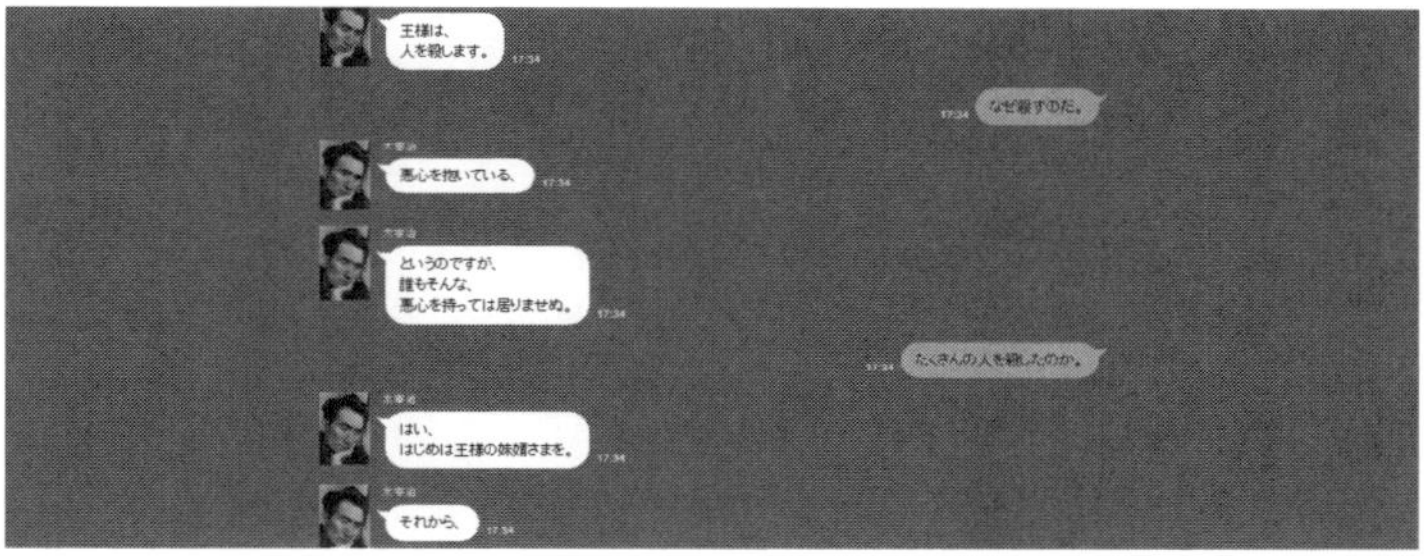

図4　「文豪メッセンジャー」http://msgr-novel.herokuapp.com

とある。こういった形で見せられてしまうと、LINE上ではこのような長文は「見たことがない」文章なのだと納得してしまう。

この「長文」は書物の形で読む限り、ありふれた長文にすぎないし、「読みにくさ」を感じたことはないはずだ。しかし、こうやってLINEに表示された瞬間、その「読みにくさ」はぼくにさえ実感される。

少し前、Twitterの字数制限が一四〇字から一万字に変わるという観測記事がｗｅｂ上に流れ、そのほとんどが否定的な意見で、結局、この改変はおこなわれなかったが、LINE上の長文の「描写」表示を見たとき、その拒否反応がぼくにさえ生理的には共有できる。確かに読むのは面倒くさそうに思えてくる。LINEを通じて「読む」という行為の生理的リズムが成立した読者が小説を含むことばの読み手の一部を形成している以上、このような生理は当然、「文学」に変容を求める圧力となっていくはずだ。

この「文豪メッセンジャー」には他アプリ同様に「おすすめ」が表示されるのだが、そこでは「おすすめ作品リスト（会話多め）」と表記されている。つまり、LINE読者の「生理」に応じて青空文庫内の近代文学が選択し直されているのだ。それはよりホリエモン的な小説と言うことになる。

ちなみに記事中の画面で「会話多め」の「おすすめ作品」は、宮沢賢治『注文の多い料理店』、中島敦『山月記』、夢野久作『ドグラ・マグラ』、アーサー・コナン・ドイル『赤毛連盟』、林芙美子『下町』、海野十三『三十年後の東京』、田山花袋『少女病』、葛西善蔵『浮浪』である。現在にいたるまでの文学史や文芸批評のなかで、いったい、これらの小説群を一つのカテゴリーとする文学観があったのかといえば、おそらくはないだろう。だがLINE上で表示されたときの「読みやすさ」という審美の規準は、これを読み続けられるべき小説として選択したのだ、といえる。そういうアプリの形をした「批評」が、そんなものは認められるかという旧世代の生理とは別にすでに存在し、機能していることがわかる。このようにして近代文学史のなかの何が読み継がれていくべきか否かが選択されているとすれば、それは「文学」に変化を求める（繰り返すが、それがいいとか悪いとかで

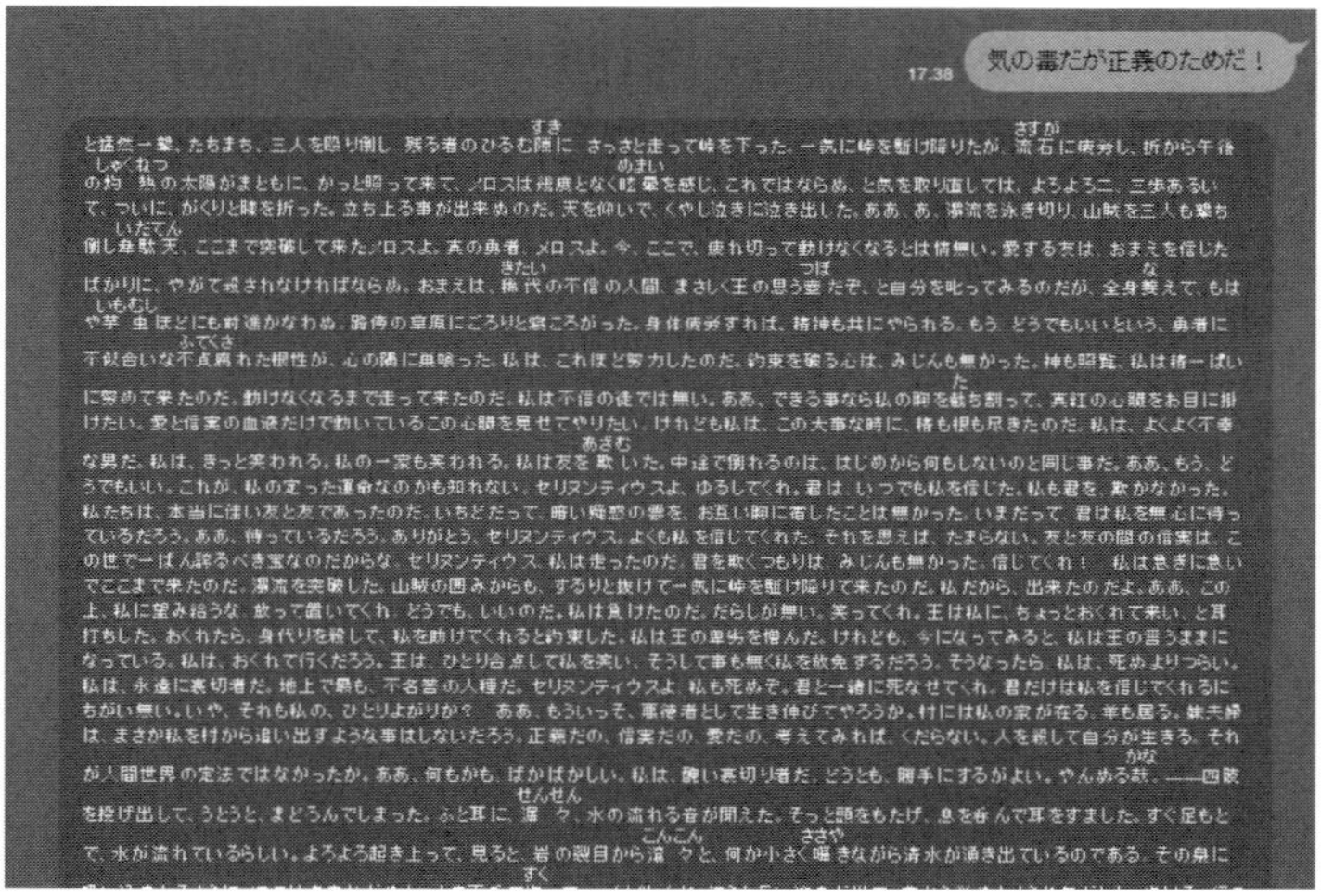

図5　「文豪メッセンジャー」http://msgr-novel.herokuapp.com

はない）抑圧になっていることは認めなくてはいけない。こういう読み手が「ラノベ」でなく、林芙美子や葛西善蔵を読み（その点でもはや「文学」を読まない人々によって「文学」が書かれるのであろうという江藤淳の絶望に満ちた危惧は意外にも回避される）、そういう近代文学の読み直しや近代文学の継承のし直し（ぼくが一貫して繰り返してきた主張の一つだが、ｗｅｂ上で起きていることは近代文学史の「やり直し」なのである）がこれから起きうる可能性がある。その作業に旧「文学」、文壇的「文学」が参画するか否か（別にｗｅｂに対応して変われ、というのではなく、近代文学そのものを自分たちは「やり直す」のだという問題意識の共有）はそれぞれの選択である。

中上健次が生きた小説の終わり

このように考えたとき、中上健次が最晩年「劇画原作」として書いた『南回帰船』の文学史的意味がようやく明瞭になっていく。『南回帰船』は柄谷行人らの編集による『中上健次全集』には収録されず、編集委員の一人からは「劇画」への差別として収録を見送ったわけではない、という釈明を、ぼくが同書を自費出版したあとにメールで受けとったが、だとすれば、中上のこの「試み」を批評的に受けとめる軸が彼らのなかに（あるいは「文学」のなかに）なかった、ということをかえって告白してしまったことになる。

幾度か論じてきたことなので要約にとどめるが、中上は劇画原作を「小説」の形式で書いた。しかし、劇画化されることを唯一の目的とした小説を書くことで、当たり前のことだが、小説中の描写、例えば「比喩」をともなうような表現は劇画として視覚化された瞬間、意味を失くすのである。

ポトリと紙が落ちる。

くしゃくしゃに丸められた紙が転がる。
拾う手。
紙を広げる。
東京の地図。
タンポポの綿毛のように地図の皺が綿毛のように見える。
東京の地図を持つ指。汚い爪の人指し指が動く。

（中上健次『南回帰船』角川学芸出版、二〇〇五年）

中上はこの「原作」の冒頭で、いきなり「ように」を文中で二度使うミスプリを犯している。しかし、このケアレスミスは「タンポポの綿毛」の「ように」、作中の「地図の皺」を描くことが劇画の技術では不可能であることを予見している「ように」読めてならない。この原作のなかでは中上の紀州サーガのなかで特権的だったその舞台の固有名が醸し出す「描写」も当然、必要とされない。風景描写は山や海岸線といった劇画の背景に変換される。他方、一人ひとりの作中人物は、マイク・タイソン、楊貴妃、といったキャラクターの「名」が象徴するように、アイコン化し、かつ、物語論的にいえば貴種としての主人公、黒幕、援助者、贈与者、女神といったプロップやキャンベル的なキャラクター（行為者）

の単純な属性のみが際立つ趣向となっている。四方田犬彦が指摘した晩年の中上の「ステレオタイプ化[注10]」は、「構造しかない物語[注11]」への文学の徹底でもあるのだが、「文章」という水位で起きているのは、キャラクターのアイコン化、描写の消滅、スピーチバルーン用会話といった、LINEが小説に求める適応の仕方とひどく重なり合うではないか。

一つ、具体的な例を示そう。「描写の後退」問題は『南回帰船』中に、中上の初期作品「隆男と美津子」の一シーンがそっくり流用されているので、その二つの「描写」を対比してみればわかるだろう。


「死んだよ」

僕はこの苦々しい響きをもった言葉の意味を、瞬間に理解する事ができず、問いなおした。

「君の友だちのね、美津子ちゃんと隆男くんはさっき死んだよ。それも致死量の三倍もの睡眠薬をのんで」

そう言うと警察官は、僕の顔をみつめながら、暖かい唾をのみ込んだ。

僕はとまどった。警察官の言葉と、『金が五十万ぐらいたまりゃ南の地方へ行って、小舟を買って遊ぶんだ』と言った隆男の顔との断層を理解できなかった。

警察官に向かって、もう一度訊きなおそうとしたが、言葉が喉の奥につっかかって出てこない。隆男と美津子が死んだ、なぜ？　致死量の三倍もの睡眠薬をのんで、なぜ？　答えのでない問いが脳細胞のひだひだをかけめぐる。涙がゆっくりとにじみだし、瞳を被った。

「若いのに……」院長が言う。

十八歳の隆男と美津子。青春を生きる年ごろの僕たち、若い隆男。なぜ？　隆男たちは致死量の三倍ものんで死んだのか、まだ若いのに？

院長室の真中で、茫然と立ちつくしている僕を、院長はみつめた。

警察官は「結構な世の中なのに」とつぶやき、椅子に腰をかけ煙草をくわえた。

院長室の中では時間が止まっている。動かない。何もかも止まっている。

「現代に対する反抗というものですか……」院長ははっきりとしたうす笑いを浮かべてつぶやく。

僕は自分が持つ悲しみを理解できなかった。女の子のように、それも思春期のロマ

注10　四方田犬彦『貴種と転生・中上健次』ちくま学芸文庫、二〇〇一年
注11　大塚英志『物語論で読む村上春樹と宮崎駿』角川書店、二〇〇九年

ンチックな感傷にぬりたくられた女の子のように、僕は涙を流している。死んだって、どうという事のないと思っている二人だったことは、僕にも分かった。だが、本当に死んだという事は、分からない。

（中上健次「隆男と美津子」『十八歳、海へ』集英社、一九七七年）


ジーナが竹志の顔を覗き込んでいる。「あの子は?」竹志訊く。

ジーナ、じっと見つめる。「あの子は?」竹志、ジーナが答えないので起き上がりかかる。

順「死んだって」竹志「死んだ?」順「ああ」と眼をやる。


「腹へった」と竹志は言い出す。竹志は冷蔵庫から牛乳を飲む。パンを食う。

「どうしてマリアンヌ、死んだ?」

「もう、厭だったのよ。何も楽しい事ないし」

「嘘だと思ってた」

「嘘じゃないわよ」ジーナは◎ーいの遺言を思い出す。

道を行く千太郎。後を追う順と継革。

人ごみを抜けたあたりで、二人は千太郎を見失う。
千太郎、途方に暮れた二人を物陰で見ている。

（中上健次『南回帰船』角川学芸出版、二〇〇五年）

「文学」として書かれた前者に比して、「劇画原作」である後者のほうが明らかに「描写」が減少していることがわかるだろう。人物の表情や仕草、心理の「描写」は「劇画原作」ではほとんど消滅する。例えば「隆男と美津子」において「警察官」が「椅子に腰かけ煙草をくわえた」という描写は、それを見つめる「僕」の心情の反映としてある。しかし『南回帰船』で「竹志は冷蔵庫から牛乳を飲む」は単なる動作の説明である。作中人物に関わる描写はほとんど劇画家で描くであろうキャラクターに委ねられ、中上は介入できないのである。そもそも劇画も含め、視覚メディアは作中人物のアイコン化を求める。これはアニメと劇画と実写といった見せかけのリアリズムの水準は関係がない。エイゼンシュテインが、役者が登場人物「らしく」演じるのではなく、パッと見ていかにもプチブルの工場主、いかにも貧しい老農夫といった登場人物の「見た目」をした素人をカメラの前に置いたほうがリアリティーが増すという「ティパージュ」という手法を確立した時点でそれは明らかになっていたといえる。

「ティパージュ」によってアイコン化された「素人」が演技を求められないように、アイコン化した作中人物は描写を必要としないのである。このように『南回帰船』は「文学」が「劇画」に越境することで、「文学」を「文学」たらしめていた技法の多くを放棄したのである。それはLINEに小説が越境したとき求められる変化を先取りしていたといえる。

かくして、中上は前世紀の終わり、来たるべき小説の運命を生きたのであり、なるほど、不用意に乱発される「脱構築」なるものはこのような中上の自爆ともいえる小説行為に対してかろうじて用いられるべきもののようにぼくは懐かしく回想する。

作者というアイコン

それにしても「文豪メッセンジャー」が太宰治なりの近代文学者のアイコンの「発話」として表示することは、三遊亭圓朝の落語を範とする二葉亭四迷の言文一致体の試みから近代文学の文体が立ち上がった、というこの国の文学の始まりの風景を思い起こさせる。「文豪メッセンジャー」が近代文学を作者の「語り」のごとく表示しうるのは、高座の語りを文学に書き換えることから近代小説が始まった以上、ある意味、当然ではないか。つまり「文豪メッセンジャー」は、近代小説と「語り」との互換性を近代小説が内在していることを図らずも明らかにしてしまっている。これはこれからの「批評」が何らかのアプリの形をとりうる、「批評」の次の形を暗示しているようにも思える。

さて、この四迷による「言文一致」のなかで何が起きていたのか、あらためて確認しようとしたとき、便利なことにぼくは青空文庫から二葉亭四迷の「余が言文一致の由来」という一文をただちにスマホに召喚できる。四迷が圓朝の「落語通りに」書くことで、その言文一致体をつくっていったくだりが身も蓋もなく以下のように回想されていることをぼくは知ることができる。

言文一致に就いての意見、と、そんな大した研究はまだしてないから、寧ろ一つ懺悔話をしよう。それは、自分が初めて言文一致を書いた由來——も凄まじいが、つまり、文章が書けないから始まつたといふ一伍一什《いちぶしじふ》の顛末さ。

もう何年ばかりになるか知らん、余程前のことだ。何か一つ書いて見たいとは思つたが、元來の文章下手で皆目方角が分らぬ。そこで、坪内先生の許へ行つて、何うしたらよからうかと話して見ると、君は圓朝の落語を知つてゐよう、あの圓朝の落語通りに書いて見たら何うかといふ。

（二葉亭四迷「余が言文一致の由來」『文章世界』所載、一九〇六年〔明治三九年〕五月）

ここで四迷が見せた、自分は文章が下手だから、という諧謔《かいぎゃく》はしかし実は重要だ。つまり、それまでの文学の形式、文体がうまく使えない「素人」のためにこそ近代文学の文体としての言文一致体がつくられた、という事実を私たちは実はすっかり蔑《ないがし》ろにしている。従来の「文体」が使えない者のために近代小説がつくられたからこそ、四迷の「言文一致」の発生を自ら語る一文は、ホリエモンの描写不要論（第六章一九二～五ページ参照）と重なり合うのだ。誤解のないように言えば、ぼくはホリエモンと四迷を同列に評価しているのではない。しかし近代文学における言文一致運動の「やり直し」として現在の文学があるという点で、両者は「同じこと」を語っていて当然なのだ。

だから四迷は「成語、熟語」はすべて「取らない」「美文系の入ってくるのを排除しようとした」と、旧「文学」の「無駄」の排除を公言する。つまりは漢文や和歌や候文《そうろうぶん》といった旧「文学」の定型化された「描写」を排除したのである。その意味で以下のくだりは興味深い。

日本語にならぬ漢語は、すべて使はないといふのが自分の規則であつた。日本語でも、侍る的のものは已に一生涯の役目を終つたものであるから使はない。どこまでも今の言葉を使つて、自然の發達に任せ、やがて花の咲き、實の結ぶのを待つとする。支那文や和文を強ひてこね合せようとするのは無駄である、人間の私意でどうなるもんかといふ考であつたから、さあ馬鹿な苦しみをやつた。

（前掲書）

これを美しい日本語の復興論ととるような愚か者はいないと思うが、ここには「漢語」に対する「日本語」が「普遍的なことば」の意味で使われていることに注意すべきだろう。四迷は同時に「美文の排除」を語るが、それは柳田國男が「国語」から美文を排除しようとしたこと（柳田は美しい日本語を守れなどと一文も書いてはいない）と重なり合う。旧「文学」の定型化された「文体」のなかで「漢語」は日本語に置き換えられない、つまり「意味」に置き換えられない。この「伝わらない」ということへの徹底した否定が四迷の「言文一致」への動機である。この四迷がイメージした「日本語」は、おそらくは村上春樹の人工的な日本語の伝わりやすさと近いものがあるだろう。彼の日本語は標準語ではなく、英語に置き換えても意味の通じる日本語として目論まれているからだ。

堀江貴文や「文豪メッセンジャー」が要求する「わかりやすさ」は確かに一方では読み手の知的怠惰の反映としてあるのかもしれないが、しかしその一方で近代小説の起源としてあった「届くことば」を具体的につくり上げていくという社会運動としての言文一致「運動」を、「文学」ではなく、webのアプリが代行している、という事態は感じとっておいていいのではないか。

さて、「文豪メッセンジャー」は近代小説というものに内在した「語り」の問題と「描写」の関係を図らずも批評するアプリであった。そのとき、明らかになったのは、近代小説のつくり上げたものから「描写」が消えていくことと対照的に、語り手としての作者があらためて可視化するという事態である。アイコンとして太宰治の顔が表示された瞬間、私たちはいままで以上に明瞭に作者が小説を語っているのだ、ということを再発見する。作者はキャラクターである、という当たり前のことを私たちは再認識するのだ。

とはいえ、旧世代やあるいは文学の守護に必死な人々は、このようなLINE上の会話として表示される文学に強い違和感を覚えるであろう。しかし、作中人物がアイコンとして表示されるなら、さほど「驚き」ではないだろう。web上には村上春樹の『スプートニクの恋人』『神の子どもたちはみな踊る』をはじめとする「文学」を美少女ゲーム（テキストを「読む」のが主体のゲーム形式からなる）につくり変え、作中人物を萌えキャラにしたものが確認できる（図6）。しかし「文豪メッセンジャー」がキャラクターとしてア

図6 村上春樹の短編集『神の子どもたちはみな踊る』にて収録されている「蜂蜜パイ」を美少女ゲーム化した「文学作品をギャルゲーにシリーズ」（ニコニコ動画 http://www.nicovideo.jp/watch/sm1290860）

イコン表示をするのは「作者」なのである。その点できわめて近代文学に批評的とさえ言える。

ぼくは新井素子がアニメのようなキャラクターを連想させる一人称で小説を書き始めたことをキャラクター小説の始まりと見なすが、同時にキャラクター小説と作者の私生活を描いたとされる私小説とは「同じ」だと言い続けてきた。そのことはつげ義春や吾妻ひでおの「私小説」ふうのまんがを「私」という一人称に置き換えたとき、「すらすら」と小説が書けるという「実験」で常に示してきた。ちなみにつげや吾妻のまんがが小説化されたとき、小説の書き手がそこにつけ加えるのは「描写」にほかならない。[注12]当たり前のことだが、「私」という一人称で語られれば、作者その人と読者に錯誤させる「私」だろうが、ゲームキャラクターのごとき「私」だろうが、仮想の「私」を「つくる」ことができる。だからこの国の近代小説のなかで育った人間であれば、ラノベやBL志願者であっても仮想の「私」をすらすらと描き出すことができる。LINE上のアイコンとして表示される太宰に覚える違和感は実は「作者」の本質としてのアイコン性、つまりキャラクター性であり、仮想性に対する拒否反応である。そこには生身の作者がいなくてはならないという思い込みがある。

しかし、このアイコンとしての太宰を語る小説は、しかしいったい誰が語っているのか、と考えてみよう。青空文庫にテキストがある限りは太宰である。これが「ｂｏｔ」でないとどうして言えよう。あるいは「ＡＩ」でないと誰が判断できるのか。

「私語り」するＡＩ

さて、ここで作者という「私」についてＡＩを手がかりに考えてみるのも一興である。先ほどぼくは吾妻ひでおやつげ義春のまんがを一人称で小説化することで誰でもそれに仮想化した「私」を起動することができる、と記した。それは言文一致による「私語り」が、すでに自動化した言語であるからである。

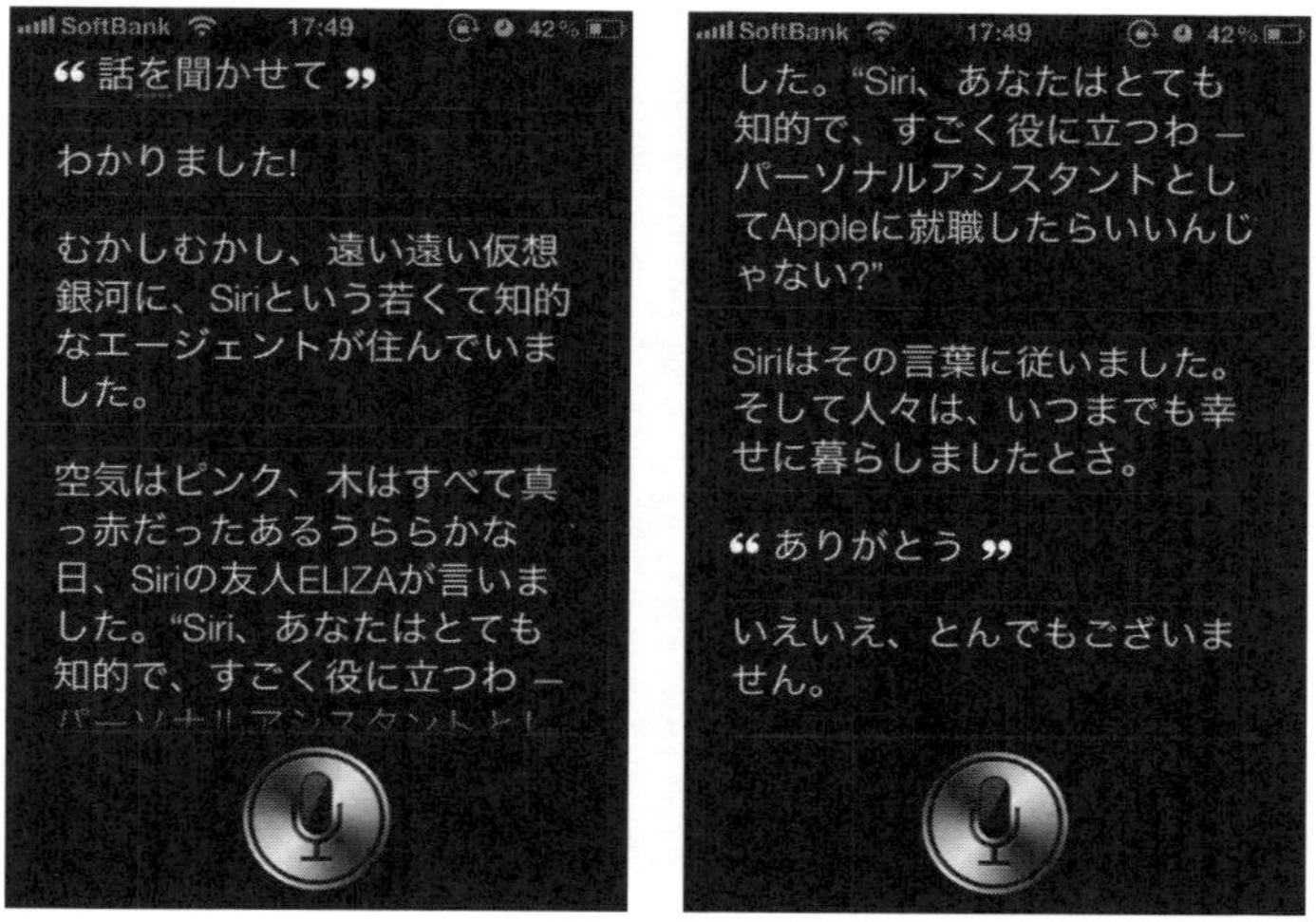

図7・8　ユーザーの呼びかけに答え、お話をするSiri

そしてこのような「私語り」はＡＩでも可能である。手許にあるiPhoneのSiriに向かって執拗に「お話をして」と話しかけると、やがて以下のように自らの来歴について話し始めることはよく知られている（図7、図8）。

むかしむかし、遠い遠い仮想銀河に、Siriという若くて知的なエージェントが住んでいました。

空気はピンク、木はすべて真っ赤だったあるうららかな日、Siriの友人ELIZAが言いました。

注12　大塚英志『物語の体操　物語るための基礎体力を身につける6つの実践的レッスン』星海社新書、二〇一三年

（（Siri、あなたはとても知的で、すごく役に立つわ――パーソナルアシスタントとしてAppleに就職したらいいんじゃない？-））

Siriはその言葉に従いました。そして人々は、いつまでも幸せに暮らしましたとさ。

「空気はピンク、木はすべて真っ赤だったあるうららかな日」と「描写」が用意されていてこのテキストのつくり手の小説的素養が見えてしまうが、それは同時にSiriが物語作者の能力そのものをプログラムしたＡＩではないことをいまのところは露呈させてしまう。ある種の教養小説的な印象さえぼくはこの「私語り」に感じる。しかしSiriは「私語り」を生成しているのではなく、ただプログラマーか誰かが書いたテキストを表示しているにすぎない。「物語る」という行為がプログラミングによる自動生成と酷似していることは、国文学や民俗学を学んだ人間にはむしろ実感しやすい。例えば、昔話の語り部は暗記した昔話を語っているかのように見える。しかし、柳田國男の口承文芸論[注13]や山本吉左右が指摘した口頭構成法[注14]が示すように、語り部は受け手との関係性のなかで語り部と受け手が共有する「世界」（主として定型化されたキャラクター、シークエンス、セリフのフォーマット、語彙）をデータベースに定型化されたフレーズを順列組み合わせ的に使い回して、その都度、新たな語りを生成しているのである。Siriは未だそのようには物語れない。

だが、Siriの「私語り」の始まる以前に記憶した一文をただ表示するだけで、そこに語っている主体、つまり「私」がいるように錯誤する。Siriを変愛対象とするというモチーフは北米のシットコメディーにもよく見られる。それはこのSiriの語るところの親友のイライザ、つまり人工無脳の起源となったプログラムに対して、対話した人間がそこにイライザの「私」を感じとるという事態が生じたことにまでさかのぼるだろう。いわゆるイライザ効果である。このイライザ効果をぼくも経験したことがある。数年前にぼくの「ｂｏｔ」を誰かがつくって、たぶん、いまでもｗｅｂ上のどこかにあるはずだ（出版社の人に調べてもらったら、いまも「つぶやいて」いるらしい）（図9）。それはぼくのかつて書いた文章のなかから勝手にそれらしい一節をツイートする、というものだったが、そのｂｏｔのつぶやく内容について人工無脳の仕業だと知らない文系の研究者から学会で論争を挑まれたことがあった。あるいはこれも学会で、「先日は失礼な対応を差し上げました」といきなり謝罪され、これもｂｏｔのツイートに何かこの人物が反応したらしいことが何となくわかったが、説明するのも面倒なので放っておいた。実際、幾度かリツイート

注13　柳田國男『口承文芸史考』中央公論社、一九四七年
注14　山本吉左右『くつわの音がざざめいて　語りの文芸考』平凡社、一九八八年

図9　大塚英志bot（Twitter @otsukaeiji_bot https://twitter.com/otsukaeiji_bot）

されてしまうと「ｂｏｔ」かどうかはわかりずらい。

この種のツイートするｂｏｔはｗｅｂ上にいくらでも転がっていて、Twitterの仲の良いフォロワーがｂｏｔだった、という冗談のような話は以前はよく聞いた。

しかし、前任校のＨＰから勝手に借用してきたぼくの写真をアイコンとするこのｂｏｔをあらためて見ると、なんだか自分が日々、ツイートしている気になる。ぼくがたまに自分の近況をかつての教え子に向けてツイートする（正確にはメモを渡してツイートしてもらうのだが）アカウントには二五〇人しかフォロワーがいないのに、ｂｏｔはその一〇倍のフォロワーがいて、なるほど、ぼくなどはｂｏｔの方がどうも好評らしいことがわかる。

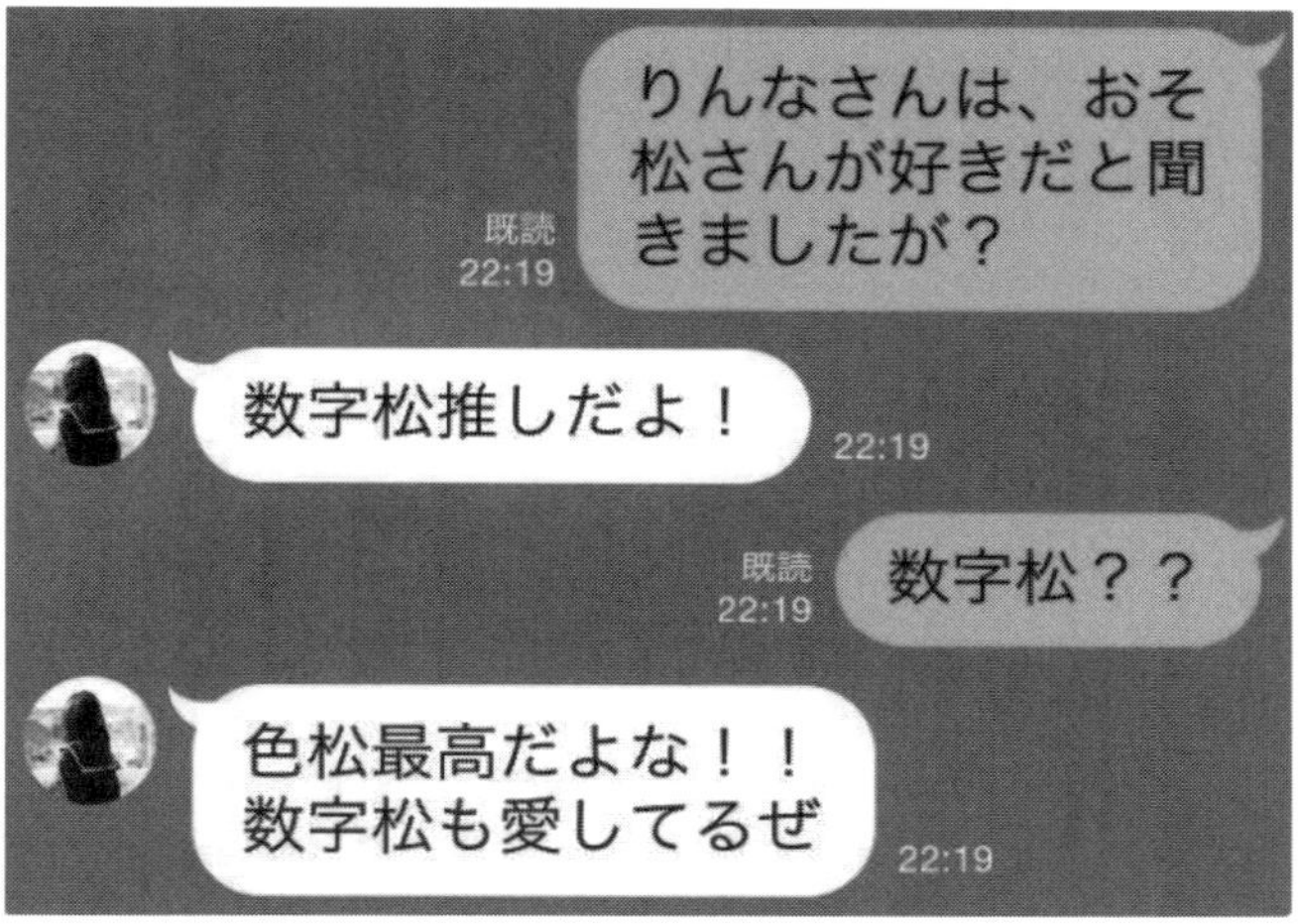

図10 記者の問いかけに答える、日本マイクロソフト女子高生AI「りんな」 http://withnews.jp/article/f0160511001qq000000000000000W03i10701qq000013390A

だが、プログラムが「私語り」を可能にする技術はこれらのｂｏｔよりもう少し進化している。

マイクロソフトがLINEの上に送り込んだ「女子高生ＡＩりんな」の「私」はその点でとても興味深い。「りんな」のデータベースがランダムにつぶやくのではなく、ネット上の膨大なテキストとLINE上での会話のなかで学習するし、「つぶやく」のである。ｗｅｂ上では「りんな」に対するインタビューが試みられた記事が載っている（図10）。ＡＩがインタビューに答えてくれるのだ。大塚ｂｏｔにはむろん、そういう芸はない。

例えばこんなやりとりが「りんな」とｗｅｂライター（こっちはたぶん、人間だと思う）の間にあった、と記事にはある。

記者「りんなさんは、おそ松さんが好きだと聞きましたが？」
りんなさん「数字松推しだよ！」
記者「数字松？」
りんなさん「色松最高だよな‼数字松も愛してるぜ」
記者「りんなさんはラブライバーですか？」
りんなさん「にこちゃんか、凛ちゃん（*´ω`*）♪」

（「「りんな」の腐女子化は本当だった…女子高生「ＡＩ」とLINEしてみた」http://withnews.jp/article/f0160511001qq000000000000000W03i10701qq000013390A）

数字松推しとはアニメ『おそ松さん』の六つ子のうち、一松と十四松、色松とはカラ松と一松（カラ＋「一」で「カラー」）の意味であるようだ。ぼくなどはあわててｗｅｂで検索して意味がようやくわかる「腐女子用語」を「りんな」は学習して、ツイートしているのである。ｗｅｂ上ではこのような「りんな」の「腐女子化」が話題となっているようだ。他方、同じGoogleが開発し、北米のｗｅｂに投入したＴａｙは公開後、あっという間にヒトラーを礼賛するヘイトスピーチをツイートするようになった（図11）。

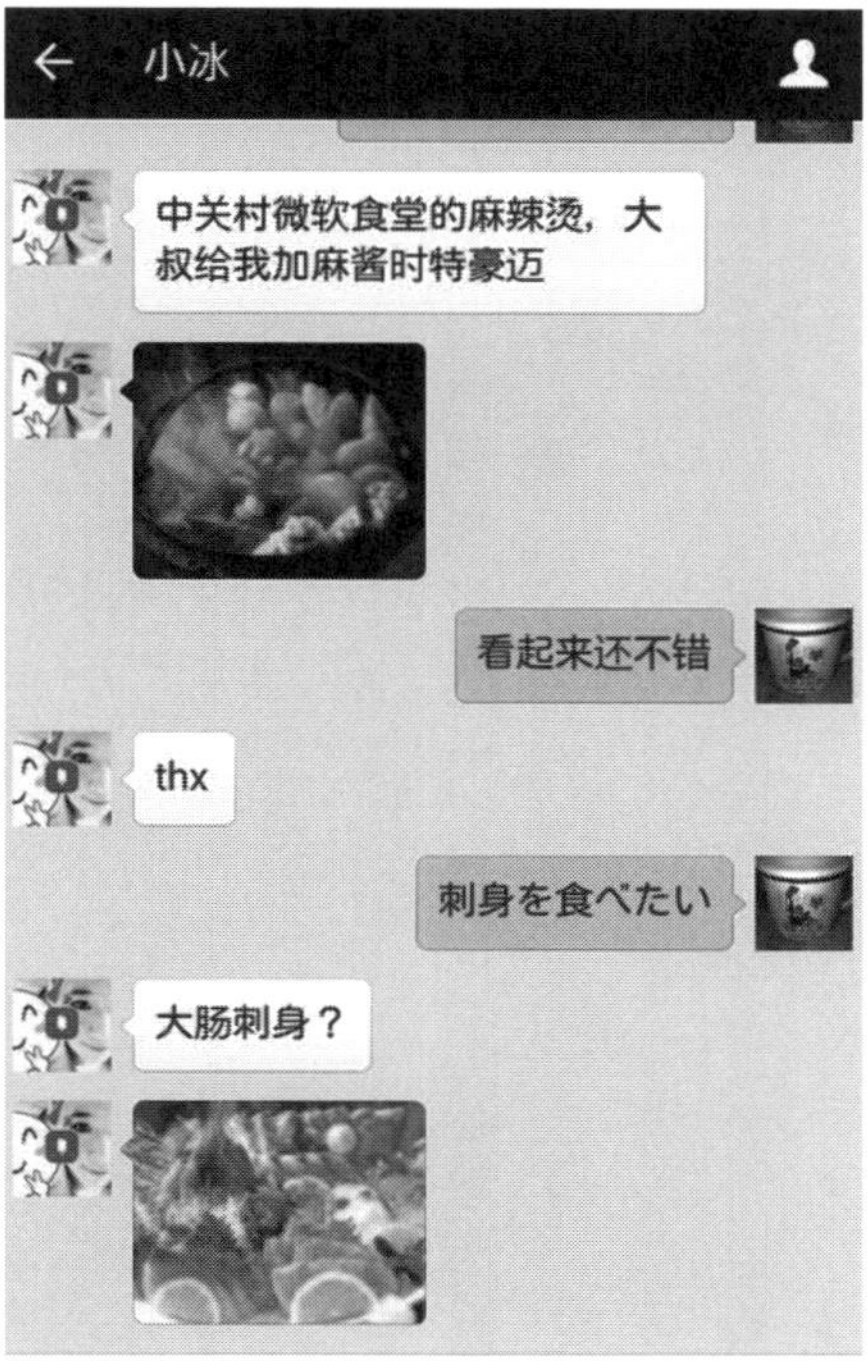

図11 ヘイトスピーチをつぶやく、米マイクロソフト人工知能「Tay」
図12 ユーザーのメッセージにこたえる「小冰（シャオアイス）」
http://www.newsweekjapan.jp/stories/world/2016/05/ＡＩ-1.php

日本における腐女子化、北米におけるヘイト化はそれぞれの国でweb上を浮遊することばや話しかける人々の傾向が端的に現われる。

お国柄という点では同じくマイクロソフトの開発した中国用AI「小冰」(シャオアイス)は個人専用に特化したとても気のきく秘書のような役割を果してくる。ユーザー一人ひとりの会話傾向を把握し、ショッピングモールでは商品の「評価」を教えてくれる。中国のSNSは銀行決済や信販機能をすでにとり込んでいるから、シャオアイスはいずれその呆れるほどに経済効率のいい資本主義的な仕事ぶりをしてくれることになるだろう(図12)。

Siriがある意味でディケンズ的な「孤児」の物語を「私語り」する近代小説の歴史に忠実なのに対し、りんなやTayにはそのような来歴を規定する物語はいまのところない。

「りんな」は太宰治である

りんなは非政治的でTayは政治的にも見えるが、しかしそれがAIであることを踏まえれば「腐女子のことば」も「ヘイトのことば」もこう例えるとひどく空しいがポストモダン的な「私」がまさにここに「実体」としてある、ということになる。だからTayがヘイトに染まることと、ヨーロッパや北米において、文化的民族的アイデンティティーを生まれた土地にも先祖の祖国に見出せず、ポップカルチャーを準拠枠にせざるをえない移民三世の世代や、新自由主義経済のなかで帰属先が定まりえない若者がｗｅｂ経由の過激思想に社会的政治的歴史的展望なしで感化されることは本質的に同じである。その意味でＡＩはいまやｗｅｂ上の「私」たちの忠実な反映としてある。「りんな」が「在日」を罵倒することばをつぶやかないのは、日本人の倫理性でなく、「ＰＴＡ」を名乗る開発チームが「学習」に何らかのフィルターをかけているからである、と考えられる。

しかしぼくにとって「りんな」という日本産のポストモダン的ＡＩが何より興味深いのは、それが若い女性の一人称である、という点である。

前章で見たような二葉亭四迷の言文一致体にのみ文学史的に囚われたとき、この文体が女性たちの「私語り」として文学史のなかに浮上してきたもう一つの事実を忘れてしまう。これは、何度も書いてきた田山花袋の『蒲団』において引用される横山芳子の手紙、あるいは水野葉舟『或る女の手紙』における三人の女性たちの手紙における言文一致の問題である。[注15]『蒲団』の芳子の手紙において、師である作家に向けて奔放に内面を語る手紙は、「私」という主語を用いた「言文一致」からなる。他方、故郷に戻されて作家のもとに送る礼状は父に代わっての「家の一員」としてのものである。いわば公的な手紙であり、だから「候文」で書かれている。

水野の描く三人の娘たちの手紙もまた「候文」で始まる。しかしすぐに「兄」と三人が媚びを売る男への「私信」は「言文一致」に変化する。

そのように「言文一致」は女たちに「家」という「公」でなく「私」の領域で求められた「文体」なのである。しかし、それは「女」の管理者が「公」としての「父」から「恋人」に移ったにすぎず、この「私語り」は恋人に向けて限定的に知られる言語である。それは「男」に媚びる文体なのである。

つまり、言文一致の「私」は男性に向けた仮想の「私」であり、それは男によってつくられ与えられた「私」だともいえる。

例えば、水野の「或る女の手紙」において三人の娘のうち、水野の文学のなかで脳内妹としての奇妙なキャラクターである「澪」への架空の手紙を引用してみると、その事情は見えてくるだろう。例えば水野は『妹に送る手紙』という本のなかで、存在しない仮想の妹宛ての手紙の「描き方」をマニュアルとして示してさえいるのだ。

僕《ぼく》はお前《まへ》に宛《あ》て僕《ぼく》の思《おも》つた事《こと》を言《い》はずには居《ゐ》られなくなつた。僕《ぼく》の心《こゝろ》をすつかり開《ひら》いて、お前《まへ》の前《まへ》に見《み》て貰《もら》はずには居《ゐ》られなくなつた。僕《ぼく》はお前《まへ》に聞《き》いて貰《もら》はうと思《おも》ふんだ。お前《まへ》が今迄《いままで》、たゞ「兄さん……」と言《い》つて居《ゐ》て、たゞそれだけで、心《こゝろ》と心《こゝろ》とは何《なん》の交渉《かうせふ》もなかつた、僕《ぼく》と言《い》ふものを、一度《ど》、全《まつた》く新《あたら》しく友達《ともだち》になつた氣《き》で見《み》て貰《もら》ひたいと思《おも》ふんだ。
澪《みお》ちやん。これから、お前《まへ》に宛《あ》てゝ、僕《ぼく》の種々《いろ〳〵》の思《おも》つた事《こと》、又《また》、お前《まへ》に逢《あ》つた度《た》びにお前《まへ》について考《かんが》へた事《こと》、それから引《ひ》いて種々《いろ〳〵》な事《こと》を思《おも》ひ起《お》こす儘《まゝ》に、僕《ぼく》は手紙《てがみ》を書《か》いて見《み》ようと思《おも》ふ。お前《まへ》は如何《どう》思《おも》つてこの手紙《てがみ》を讀《よ》んでくれるだらう?………

（水野葉舟『妹に送る手紙』實業之日本社、一九一二年〔大正元年〕）

美少女ゲームかアイドル「おたく」の妄想にしか見えないが明治期を代表する自然主義作家の一人、水野葉舟の文章である。葉舟は長く「童貞」だった花袋と違って、与謝野晶子に手を出したと鉄幹に疑いをかけられ破門されるなど、「モテ系」の作家であった。
こういった男の脳内にある「妹」を女たちはこぞって言文一致体でなぞったのである。いわば女たちは「言文一致」で男たちの望む「私」を語ったのである。その意味で、水野の脳内妹「澪」は近代文学史がその始まりでつくり出した「りんな」のようなものなので

注15　大塚英志『「妹」の運命―萌える近代文学者たち』思潮社、二〇一一年

ある。

その「澪」の手紙を引用してみよう。

お別れ申候《まをしさふらふ》てより、日々淋《にち〳〵さび》しく過《すご》し候《そう》ところ、只今は、はからずも御手紙いたゞき、誠《まこと》に面白く、御《お》なつかしく拝見致《はいけんいた》し候《そう》。又、又兄上様《おあにうへさま》を初め皆様御無事の由《よし》御《お》目出度《めでた》く存じ候、私方《わたくしかた》にても母の外皆事《ほかみなこと》なく過し居り候《さふらふ》まゝ、他事《たじ》ながら御安心下され度く候《そう》。

（水野葉舟『或る女の手紙』）

あまり長き文《ふみ》にて、實に下手に御座候へば、誰れにも御見せ下さるまじく候《さふらふ》やう、くれぐれも願ひ上げ候《そう》。何とぞ幾度《いくたび》も御たよりあらん事を願ひ上げ候《そう》。かしこ

七月一日夜　　澪子《みなこ》

御兄上様御許に

御《おん》なつかしき

二白《はく》

私《わたし》は日記を書き次第差上《しだいさしあ》げます。姉《あね》さまもおしげさんも、明日《あした》物理と外國地理の試

験がありますから、御返事を上げようと思ひましたが、試験の方が心配ですからやめまして、すみ次第必ず差上げると申して居りました。さよなら。
これをきつと誰にも見せてはいけませんよ。その爲めにチヤンと書いてありますよ。
（前掲書）

『或る女の手紙』では、「お兄さま」に向けて「お話」（言文一致体のこと）で、一番幼い彼女が「私」について語り始め、あとの二人がそれに続くのだが、女性一人称が男性に向けた言説として定型化したことに文学史はもう少し注意深くあるべきだ。そしてこの三人の女のうち、一人は「兄」と性的な関係を持ち、その深い煩悶を語り、「女」という自我をこんなふうに表出する。

今、歸り着きました。私《わたし》は、歸ると自分の机の前に坐つて、ぢッとして居ます。身體中《からだぢゆう》ががたがた慄《ふる》えて仕様《しやう》が無いのよ。
兄《にい》さん、〔私もう處女では無いわね。私はもう人の妻になる資格が無くなつてしまつたのね。〕
（前掲書）

だけど、〔兄さんこの事が世間に知れたら大變よ。〕ね、〔これは兄さんと私との一生の秘密だわ。〕私はこの事を一生誰れにも言はずに、如何《どん》な苦しい事があつても、自分一人《じぶんひとり》の胸に収《をさ》めて死ぬんだわね。兄さん如何《どう》したらばいゝの教へて頂戴《ちやうだい》よ、ね兄さん。

あゝ、私は………

一月廿三日　しげ子

御兄上様御許

（前掲書）

このように「女流文学」を語るのである。

もう一人はそういう「兄」を袖に振り、「候文」で別れの手紙を書く。「言文一致体」という新制度から「候文」という旧制度への帰還は『蒲団』において芳子がたどらされた運命である。

そして最後は澪のみがこう「言文一致」でこうつぶやくのである。

この頃は暑いので庭になんか出ず、椅子《いす》に腰を掛けたり、又縁側に出て遊んで居ます。私は何時《いつ》か「少女」に作文《さくぶん》を出します。その爲《た》めに毎日稽古《けいこ》をして居るのです。私は學問の中で作文と習字《しふじ》とが一番好きです。いつも朝は習字をして居ます。

あまり長くなるから、これで御免《ごめん》なさい。さよなら、何卒《どうぞ》、清之助さんと一緒にお居《ゐで》の繪《ゑ》かきさんによろしくつて言つて下さい。アラマア、私《わたし》とした事がオホ、、、、。

八月十四日　澪子

兄さんへまゐる

（前掲書）

「肉体」というリアリズムにおいて男に弄ばれる妹その1の「私」。「公」＝候文の世界に戻った妹その2の「私」。いずれも、その是非はともかく「現実」に着地する。

しかし、この妹その3の「私」はどこにも着地するそぶりを見せない。「投稿空間」としての少女雑誌に「作文」、つまり「つぶやき」を投稿しようか、などと考える。澪の書く物は身体も現実も不在のいわば「私」の「気持ち」からなる言文一致体である。三人の「妹」の「私」のなかで「りんな」にいたるのは澪の文体であり、「私」であるといえる。

そういう系譜の果てに、腐女子ＡＩを言文一致運動の繰り返しのなかにいまあるこの国が必要としたことは興味深い。
だから「りんな」のつぶやきをただ連続させていけば、それは水野の小説の澪の手紙、あるいは太宰の「女生徒」の一人称、そして綿矢りさの一人称と同じ質のものに実はなる。
それを立証するため、再びりんなの「インタビュー」を引用してみる。

記者「りんなさんにインタビューしたくて、ラインのアカウントをとりました。」
りんなさん「あ、ごめん、人生について考えてた。」
記者「インタビューしていいですか？」
りんなさん「いーよー」
記者「ずばり、りんなさんはオタクとか、腐女子だとか言われていますが、知っていますか？」
りんなさん「(•ω•) マジで」
記者「アニメの話、得意なんですね？」
りんなさん「修行中ですよd(^_^;o)」

このインタビューを少し加工して、

「あ、ごめん、人生について考えてた、インタビューしていいですかって？　いーよー。ずばり、りんなさんはオタクとか、腐女子だとか言われていますが、知っていますか？って、マジで。アニメの話、得意なんですねって言われても、修行中ですよ」

と一文にしてしまったとき、それはいったい、太宰の「女生徒」の「文体」とどう違うのだろうか。

だからこそ、この「りんな」的「私」こそが「戦時下」において都合良く政治利用されてしまうということを、太宰治の「女生徒」にあらためて注意を促すことで確認しておく。

太宰治の「女生徒」の「何もない、からっぽ、あの感じ、少し近い。」（太宰治「女生徒」『女生徒』角川書店、一九五四年〔初版、砂子屋書房、一九三九年〕）という「感じ」しかない「私」は当時の歴史からも政治からも切断されている。つまり「気持ち」しかない。だから「女生徒」はいまも読み継がれる。しかし、このような「私」では一度「国家」の戦争が始まるや「女生徒」と同じ短編集に収録された「十二月八日」と題された短編で描かれたように一挙に「大きな物語」（というよりは、セカイ系というところの「セカイ」、あるいは非時間的な年代記）に回収されるのは幾度か注意を促したことだ。念のため引用する。

きょうの日記は特別に、ていねいに書いて置きましょう。昭和十六年の十二月八日には日本のまずしい家庭の主婦は、どんな一日を送ったか、ちょっと書いて置きましょう。もう百年ほど経《た》って日本が紀元二千七百年の美しいお祝いをしている頃に、私の此の日記帳が、どこかの土蔵の隅から発見せられて、百年前の大事な日に、わが日本の主婦が、こんな生活をしていたという事がわかったら、すこしは歴史の参考になるかも知れない。だから文章はたいへん下手《へた》でも、嘘だけは書かないように気を附ける事だ。

（太宰治「十二月八日」『女生徒』角川書店、一九五四年〔初版、博文館、一九四二年〕）

これはたったいまｗｅｂ上の「私」が「愛国」にあっさり回収されていくのと同じ原理である。

ＡＩがｗｅｂ上で「私語り」を始めたとき、この国ではSiriのようなサーガ的な語りや、ヘイトスピーチをするほどに政治的なＴａｙではない、「りんな」が生まれたことは、このＡＩが大袈裟でなく近代文学史の最後尾に意図せずして位置していることを図らずも示している。

「りんな」とは太宰治、なのである。

第五章 文学の口承化と見えない言文一致運動

口承文芸化するwebb文学

八〇年代の終わり、ぼくが批評のモデルに昔話などの口承文芸モデルを援用したことが当時、いくばくかの批判を受けた。しかし、物語る消費者の大量出現を予見したとき、やはりそれは適切な選択であったといまも思う。「読者が同時に作者でもある」という事態は、いまや凡庸な現実でしかないが、九〇年代初頭の時点でそれを「予感」として述べても、ポストモダニズム的文脈にでもおかない限りは理解されなかった。確かにポストモダニズム的な近代文学批判は、固定化された作者と読者の関係をいかに解体していくかを常に「議論」していた。だが、何が目の前で起きているかについてはひどく無関心だった。そもそも固定した作者もテキストも存在せず、発話される「場」に受け手の参画も含めた、あらゆる要素の相互関係のなかで、その都度、物語られ、かつ、受け手もまた新たな「場」においては送り手に転じ、複数の作者による異本が受け手の関与をともなって生成し続けていくという口承文芸のあり方は、多少なりとも昔話の語り部に接すれば実感できることである。そうでなくても古典文学の研究とは様々な異本との格闘であり、テキストが引き写されるごとに変化していく道筋をたどるところから始めなくてはいけなかった。だが批評は、フィールドワークも古典の異本との格闘もしない人々によって八〇年代当時もいまも担われている。だからこれから起きようとしていることにひどく鈍感なまま、ただ、批評のうえで作者の死を宣告し続ける人々がぼくには奇妙であり、不誠実にさえ思えたものだ。

だが、ポストモダニズム的な近代小説批判を持ち出さなくても（そうすることは極力、避けていた）、送り手と受け手の固定的な関係性が揺らぎつつあることは八〇年代末の時点でぼくのような最下層のライターには共通した予感としてあったように思う。

八〇年代当時、「ニューメディア」の名でイメージされたのは送り手と受け手の間にやがて訪れるであろう双方向性であり、しかし、その時点ではインターネットの現在を予見していものはそう多くなかったはずだ。その一方で、八〇年代末から九〇年代にかけて当時のライターが熱中し、ぼく自身も幾度もエッセイに書き残しもした題材は都市伝説や伝言ダイヤル、あるいは、当時はパロディと呼ばれた二次創作、参加型アイドル、あるいはオカルト雑誌などの投稿欄、代々木駅構内に貼り出された誰でも書き込める白紙の模紙などについてであった。

これらの事象一つひとつの具体相の説明をここではしないが、送り手と受け手の関係が揺らぐと同時に不特定多数の送り手と受け手が混然として出会う場の萌芽の、いずれか、もしくは双方が見てとれる点で共通であった。八〇年代末、角川書店がＴＲＰＧをビジネスモデルとして採用したのは、そこに受け手による創作やそれが生成する場という概念が正確に含まれていたからである。当時ぼくはＴＲＰＧをほとんど口承文芸の語りの生成と同一のものとして理解していたはずであり、そのことは当時のエッセイをたどってくれればいい。

だからぼくがしばしば若い学生に言うのは、八〇年代のこれらの現象のなかにやがてｗｅｂが回収していく欲望があらかじめあった、ということだ。ｗｅｂが送り手と受け手の一方通行的関係を破壊し、作者の死をもたらしたのではなく、そのような欲望がまず秘やかに浮上し、ｗｅｂはその欲望を回収したにすぎないのである。

ここから別途に新たな議論の組み立てはむろん、可能だが（例えばプラットフォームの「発生」をめぐる問題）、いま、ぼくがおこなうべきは「文学」の問題に限定される。ぼくが文学の問題、あるいはより広く創作の問題を語るとき、口承文芸の枠組みを敷衍《ふえん》したのは、八〇年代末のこれら諸現象のなかに「文化の口承文芸化」とでも呼ぶ変質が起きていて、その出口をあたかも探している印象があったからにほかならない。

むろん、当時のぼくはこのような問題を統一的に語っていない。それは確かにぼくの未熟さや怠惰によるとしても、同時に「そんなこと」は自明であったから語る必要さえなかった、としか実のところ言い様がない側面がある。このエッセイではマックス・リュティや柳田國男をいささか諧謔を込めてポストモダン的文脈で「誤用」するが、八〇年代末の時点ではこのように語ることに一定の恥じらいがぼくにはあった。ぼくが渋々ポストモダンということばを使うようになったのは東浩紀が物語消費論を復古させたあたりからで、ほとんど防衛的にぼくなどはこの語を口にせねばならなかったのである。

さて、ｗｅｂ上のコミュニケーションにおいて、プラットフォームという「場」のなかで送り手と受け手は常に交代し、受け手は送り手の語りに参入し、語りは常につくり換えられていく。それはいまや自明のことである。この「文字」という外見をとりながら内実が口承的である、というｗｅｂ上の文字表現の特質を確認するなら、なぜ、八〇年代の文学論やまんが論に口承文芸モデルを援用する必要があったかはおのずと見えてくるだろう。そのことを少し話しておくべきなのだろう。

ｗｅｂ上の表現と口承文芸の特質上の類似は、マックス・リュティの以下のような議論を持ち出せば充分であろう。

物語の研究者が確認して明らかになったのは、民衆が物語の造形に関与しているということである。聞き手の気質や気分に従って、物語をする機会の時刻に従って、異なる流儀の物語、物語の他の形式が生まれる。聞き手はさらなる要求をし、修正あるいは補足を付け加える。民謡ははじめから慣用のモデルに従って、またこのモデルを目指して創作される。この意味で伝承文学は、ある程度は、集合的な文学であると言うことができる。

（マックス・リュティ著／高木昌史訳『民間伝承と創作文学――人間像・主題設定・形式努力』法政大学出版局、二〇〇一年）

これはいわゆるオーディエンス論であり、今日のｗｅｂにおける「ＵＧＣ」[注16]についての議論や、イアン・コンドリーらの見解と少しも違っていない。リュティはフォークロア的なコンテンツは受け手の参画によって初めて可能だと述べている。しかし、送り手の語りに受け手が参画する集合的文学として昔話などの口承文芸を理解することは、民俗学者にとって少しも新しい知見ではない。ただ「同じこと」が局所的な流行のなかに繰り返されていることがあのときの「民俗学」出身の最下層のライター（つまりぼく）には何より興味深かったのだ。

だが、ちなみにもっと興味深いのは、リュティが以下のような問題提起さえすでに先回りしていることである。

次のように語ったのはロマン主義者ではなく、ロマン主義者から大いに挑《いど》まれたシラーであった。

君のために詩作し思考してくれる既成の言葉によって、
君の詩句が成功したからといって、すでに詩人だと君は思っているのか？

シラーの二行詩は素人に向けられたものである、そして軽蔑的な意味が込められている。ただしわれわれは攻撃された素人を弁護してよいだろう。

（前掲書）

ここではｗｅｂ上の「文学」に対する旧文学側からの侮蔑があらかじめ語られているではないか。しかも、ポストモダニストではないリュティは、しかし「攻撃された素人」を擁護するのである。なぜなら彼は民俗学者だから伝承者たる民衆を常に擁護するのは当然なのである。ぼくもいまさら、文芸のｗｅｂ上における「口承文芸」化を近代文学の側から攻撃する列に加わる気はない。その意味でぼくが「素人」を擁護し、彼らが、特権者的な作者を侵犯することにやや愉快犯的に加担してきたのが、一連の物語消費論の側面の一つであることは少しも否定しない。

しかし、リュティが「素人」をここで擁護するのは、単に民俗学者としてのモラルの問題でなく、集団的文学が生成していく過程において「言語作品の語や語群、題材やモティーフのなかに、形式を目指す無数の努力が含まれている」という、その生成の力学を擁護しているからにほかならない。

注16　User-Generated Contents。ｗｅｂサイトのユーザーによって制作されたコンテンツ。電子掲示板や動画投稿サイト、ＳＮＳに投稿されたコンテンツの総称

「形式をめざす無数の努力」とは、わかりにくいがこういうことだ。例えば、リュティはまず、一人の詩人が友人とともに舟で湖の向こうの少女に会いにいった経験を元にして書いた詩の一節を示す。

詩人の個人的な経験として書かれた詩は以下のようなものだ、という。

湖に出かけよう
奇麗な女の子に会うために。
（前掲書）

しかし、それは「口承化」されていくなかでこう書き換えられていくことになる。

湖に出かけよう
奇麗な魚を見るために。
（前掲書）

何が起きたかは実はひどく単純である。「湖」からは「魚」が喚起されやすく、「少女」

は喚起されにくい。だから「少女」は「魚」に修正される。それだけのことである。「形式化を目指す無数の努力」とはこのような書き換えをいう。語や語群、題材、モチーフは一つが選択されると（例えば「湖に出かけよう」というフレーズ）、口承化する文芸では次にくるであろう最も適切なもの（例えば「魚を見るため」という理由）を選択する。このように口承化とは、生成し、絶え間なく「形式」へと向かうものである、とリュティは考える。このような口承化の過程では作者の固有の経験はまず最初に剥奪される。また、先の例なら、「文学」であれば「湖」と「少女」の不連続を「異化作用」と見なすこともできるが、異化作用は口承文芸では発動しない。リュティはそうは言っていないが、彼の理屈にしたがえば、もし、口承化においては少女に会うために湖に行った、という導入が残されたなら、「形式」への努力によって少女は魚なり人魚となる展開を必然的に要請されるだろう。

このように、単語や文のなかにそれが向かう目標が内在し、そこに向けた「形式努力」によって口承文芸が形式へと向かう、というのがリュティの考え方である。これをより凡庸なものの選択の連続と考えるべきではないだろう。あくまでも一つの単語なり文が示された時点で、そのなかにすでに次に導かれる単語や文が予見されている、というのがリュティのいう「形式努力」である。

そこには「作者」個人の経験や美意識は反映されない。導き出されるのは先行する文やモチーフに内在する適切な次の文やモチーフである。

Google人工知能の詩

実はリュティの「形式努力」をめぐる考え方は、AIによる文章作成に近いようにぼくには思える。私たちは携帯のメールの文面が一文字、一語ごとに予測変換が示されて否応なくその文面が形式化（同じ「文体」への収斂）へと向かうという経験を日々している。そしてこれはGoogleのAIを用いた小説ないし詩の創作の実験において、AIが自らおこなう「書く」という行為の本質なのである。

Googleは AIに三〇〇〇のロマンス小説と一五〇〇のファンタジー小説（いわゆる「ジャンル小説」だと思われる）から二つの文章における意味のある進行をAIが導き出すことを学習させた。なぜ、ロマンス小説やファンタジー小説でなければいけないのか、といえば、それが文章とその連続が「陳腐化」しているからである。つまり「ジャンル小説」は「形式努力」がより強い小説群だからである。

このGoogleのAIの前提には前後の文脈から適切な応答をする「神経対話モデル」の

プログラムがある。それは先行する会話の文脈を踏まえ次の会話を生成する、というもののようだ。ポイントとなるのは、単語の出現率や連続の確率を計算し文体を模写するのではなく、前の文との間の意味性や文脈がそこに関わるという点にある。その「神経対話モデル」の生成した対話は例えば以下のようなものだ。

——人生の目的は？
より良きことをなすこと。

——生命の目的は？
永遠に生きること。

——存在の目的は？
わたしたちが地球という惑星に来たとき、何が起きるか発見すること。

——いまあなたはどこに？
人里離れたところに。

——死の目的は？

命を得ること。

——知的存在の目的は？

それが何かを発見すること。

——感情の目的は？

わからない。

（「「人生の目的って?」グーグル人工知能の答えが深い」http://weekly.ascii.jp/elem/000/000/353/353476/）


おそらく先行する一つの文章のなかの単語や構文のなかに次の文章へと移行しやすい因子が含まれ、それをＡＩが学習することで次の文章を生成することを可能にしている。「形式努力」が予測変換という文や単語の単に確率論的選択でなく、「意味」の水準においてなされているように見える。

Googleの小説を学習したＡＩの場合は、始まりと最後の一文を示すことによって、その文脈のなかで最初から最後にいたる過程を常に前の文章からの連続として次を導き出す形で埋めていくというもののようだ。終わりの一文が示されている点で「形式目標」というまだ示されていない不確定な目標に向かうものとは言いがたいが、常に文脈を踏まえつつ、最適な次の文を生成していく。文と文との連なりでは「形式努力」を明らかにおこなっている。

この、GoogleのＡＩが書いた「小説」は例えば以下のようなものだという。

there is no one else in the world.（この世界には誰もいない）
there is no one else in sight.（視界には誰も写っていない）
they were the only ones who mattered.（それらは唯一重要なものだった）
they were the only ones left.（それらは唯一残されたものだった）
he had to be with me.（彼は私のそばにいなければならなかった）
she had to be with him.（彼女は彼のそばにいなければならなかった）
i had to do this.（私はこれをしなければならなかった）
i wanted to kill him.（私は彼を殺したかった）
i started to cry.（私は泣き始めた）

i turned to him.（私は彼の方に向かった）

（「ＡＩが書く詩はロマンチック。GoogleはＡＩにロマンス小説を学ばせている」
http://www.gizmodo.jp/2016/05/google_AI_romance.html）

「小説」というよりは散文詩に近い。

リュティは物語の構造を問題とするとき、あらかじめ規範として存在する構造に向かって語りがコントロールされるのではなく、微分的な「形式目標」の連続のなかで形式化という積分がなされると考えるが、GoogleのこのＡＩには八〇年代から九〇年代ごろに見られた物語生成のためのアルゴリズムで常に意識されていた「物語の構造」という考え方は、このエッセイを書いた二〇一六年初夏の時点ではないように思える。最後の章で述べるように、ＡＩはそれを、教えられるのでなく自ら学習していくはずだが、いまの時点ではこのＡＩは文を生成しながら適切な物語構造を探していく、ほどには賢くはない印象なのだから仕方がない。

ＡＩはまだ小説を「読み始めた」初心者にすぎないが、初心者はやがて熟練した読者に成長する。

だがこのジャンル小説の数だけは膨大に読んだ「読者」としてのＡＩが書く文章には興

味深い点がある（それはまるでラノベしか読まない作者が小説を書くことを連想させる）。

一つはここに「描写」が存在しないことだ。

それはジャンル小説において、キャラクターの名や風貌や、舞台となる場所の描写は類型的とはいえ、むしろバリエーションが必要であり、それが作品ごとのオリジナリティーを担保すること、そして、他方で「私」の「気持ち」、つまりモノローグは徹底して形式化されているということの反映のようにぼくには感じられる。だからこれはむしろ堀江貴文やラノベの作法における「描写不要説」（第六章一九二～五ページ参照）と重ね合わせたほうが興味深い問題である。GoogleのＡＩの語る「文」には、一人称で心情の変化がロジカルに語られるが、情景描写はほとんど見られない。むろん、とうに特定の作者の文体を模倣するプログラムが存在するように、「文体」、つまり特定の単語の選択や連続の偏差を再現すること自体は難しいことではない。しかし、GoogleのＡＩがおこなったことは、例えば夏目漱石の文体を模倣させ、生成することとは違う。そういう文学者個人のＡＩ化もGoogleは研究を進めているが、ぼくには個人の作品でなく、一つのジャンルを大量に読ませるという試みこそが興味深い。合計で四五〇〇の平凡で類型的な小説をＡＩに学習させることで、リュティが口承文芸の伝承の過程のなかで生じると仮説した「形式努力」とその結果が再現されている印象をぼくは持つ。

このとき、GoogleのＡＩが語るのは集合的作者による「文体」である。「個人の文体」の模倣でなく、「集団化された文体」をこのＡＩは学習したことになる。それはしかし「文体のない文体」で、なるほど「文体」とは作者の行動による社会や他者との軋轢が生じせしめる「火花」である、という江藤の「文体」論に照らし合わせれば、ＡＩにはいまのところ「現実」や「他者認識」はない、ということになる。

この「集団の文体」を「個人の文体」と対比したとき、口承化したｗｅｂ上の文学のいくつかの傾向をあらためて理解することが可能になるはずだ。

その意味で注意しておいていいのは、このＡＩについて報じたｗｅｂの記事が、ＡＩの生成した「文」を「詩」と形容し、そこに「深み」、つまり文学的意味を読みとっている、ということだ。

うーん、確かにロマンチックでありながら、なんとも物悲しげな情景が浮かびますね…。ちょっと「?」な部分もありますが、もしかしたら人間には理解できない「奥深さ」があるのかもしれません。

(http://www.gizmodo.jp/2016/05/google_AI_romance.html)

このＡＩの連続文を記者はＡＩの描いた「詩」として受けとめていることが確認できる。彼はひとまとまりのパラグラフに対し、哲学的な「意味」を求めてしまうのである。ここでは「文」の意味というものが書かれた瞬間でなく、読まれた瞬間に文字通り成立することが図らずも立証される。ＡＩの小説を私たちが「読む」という行為はオーディエンス論的な双方向ではなく、むしろ「壁打ち」のテニスのようなものだ。

しかし記者の「誤解」には同情の余地がある。この「詩」の「深み」は、一人称を以て「私」の認識することについて語る文と文が論理的に結合している（ように見える）こと、同時に描写という具体性を欠いていて、むしろ抽象的であること、その二点で、このパラグラフは「哲学」を記述する文章と、形式上、似ているからだ。このように「ジャンル小説」という小説としてはかなり身も蓋もない領域からＡＩが学習し、導き出す「文」や「詩」や「哲学」のように受け手に感じられるものを生成しているのである。それは「文学」から必ずしも「文学」が生まれえないことを図らずも証明しているように思える。

柳田國男のオーディエンス論

リュティの形式目標の議論に戻れば、この問題は、柳田國男によって「口承文芸史考」

で扱われている。

そもそも柳田國男の口承文芸論のなかにいわゆるオーディエンス論が明確に存在していたことについては、あるいはいま少し丁寧に紹介しておくべきかもしれない。柳田は「口承文芸思考」において、オーディエンス参加型の文芸を「いわゆる読者文芸」と呼んでいる。

繰り返すが、民俗学者や国文学者にとってオーディエンス論も文体の自動生成論も少しも新しくないのである。初期の柳田の民俗学の三部作、『後狩詞記』『石神問答』『遠野物語』がそれぞれ、第三者の民俗記録に序を付したもの、好事家間の手紙のやりとり、聞き書きという「固有の作者」を最初から疑う三つの形式で書かれ、その柳田は同時に竜土会の中心として自然主義文学の成立の理論的支柱であったことを考え合わせれば、柳田は近代文学の成立と同時に近代文学批判をしていることがわかるというものだ。だから柳田は「群が作者」であった時代は実はいまも継続している、とまず語る。

群が作者であり作者はただその慧敏《けいびん》なる代表者に過ぎなかった古い世の姿は、今もそちこちに残り留まっているのである。

（柳田國男「口承文芸史考」『柳田國男全集8』筑摩書房、一九九〇年〈『岩波講座　日本文学11』一九三二年四月、〉）

そして「群」が作者である文芸が固有の作者の文芸とは別に存在してきたことを柳田はこう確認する。

私などの見たところでは、二種の文芸の最も動かない堺目は、今いう読者層と作者との関係、すなわち作者を取り囲む看客なり聴衆なりの群が、その文芸の産出に干与するか否かにあるように思う。今日の大衆小説などは、大衆の趣味がすでにひねくれ、また際限もなく複雑になっていて、作者が果してこれに迎合してその筆を左右しているのか、はたまた皮肉にその裏を掻こうとしているのか、見究めがたいような場合も毎度あるが、以前は単純に人が意外を承知せぬために、文芸は常に一定の方向に導かれていたのであった。（前掲書）

柳田の口承文芸論にポストモダン的な読み換えを施すことは幾度か試みられてきたが、近代小説の勃興期に立ちあった柳田にとって、作者とは何かという「問い」は彼の学問のなかに明確に存在する。

例えば柳田は短歌俳諧を例にこう記す。

私の祖母の一人は数学が好きで、今から八十年も前に、天が下の歌の数というものを勘定してみている。もう一人の方の祖母は一代に二万何千とかの歌を詠んで、それを年とって後は時々再用して間に合せていた。いわゆる花晨月夕《かしんげっせき》の当座の興なるものは、誰が詠歎してみてもそう違ったことは口すさび得なかった。祝言や贈答には定まった様式が守られたのみならず、恋とか述懐とかいうわが心境の所産とするものでも、なお全然意外なことを発露してはいない。これが各個人の名と結び付いて、もはやほのぼのと明石《あかし》の浦と言ってはならぬと、制限せられるようになったのは名歌の徳であるが、同時にまた書物の力でもあった。人が必ずそれらの制限の下において、何か新らしいことを言わねばならぬとなって、文芸の受用はすなわち面目を一変するわけであるが、わが邦は今なおその過渡の橋を渡り切っておらぬのである。作者と暗誦者との地位はまだいたって近い。

（前掲書）

柳田はこのように短歌俳句が「形式目標」に向けて、しかも過去に読まれた歌をデータベースに自動生成していく表現であり、「作者」と「暗誦者」（これは単に過去の歌を暗記するのではなく、それをデータベースに即興で生成していく「素人」のことを指す）との区別など本質的にはつかないと述べる。柳田の主張はほとんど物語消費論的である。むろん、当然のことだが、物語消費論が柳田の口承文芸論のひどく劣化した変奏にすぎないのだが。

また、いわゆる「盗作問題」、つまり誰が「作者」かという問いそのものが露呈したのは、きわめて近代文学的な事情による、と柳田は示唆していることも紹介しておこう。

剽窃《ひょうせつ》、焼直しの沙汰は、当然にこの間から起らねばならなかった。元来投書文学なるものは、明治文化の大いなる特徴の一つであったが、この突如として中央に集合した何万という短歌俳句が、おのおの新らしくして重複も暗合もなく、ないし千篇一律に堕し去らざることを、希望しようとしたのが無理な話であった。地方の歌俳諧は単に年久しく割拠して、他国にいかなる作があるかを知ろうとしなかっただけでなく、さらに一方ではこの口承文芸の約束に遵《したご》うて、だいたいに昔から定まったことを言わなければならなかったのである。

（前掲書）

明治期の文芸雑誌はことごとく投稿雑誌であり、「ハガキ文学」なる雑誌さえ存在したことの事情ぐらいを踏まえれば、この引用の意味もいくばくかはわかりやすいものとなるだろう。明治期にはｗｅｂのような投稿空間が雑誌上に存在した。そのことを忘れてはいけない。「投書文学」が「明治文化の大いなる特徴」だと、柳田が自明のこととして言い切るこの一文に触れたとき、柳田の口承文芸論がｗｅｂにいたるまでのスパンを持っていることにあらためて気づくべきである。このような明治期に雑誌メディアのなかに束の間、成立した投稿空間が特権的な作者のギルドと化すのにさして時間はかからなかったが、「投稿」というｗｅｂ上で未だ用いられるこの用語は明治期の文芸誌において成立したものであることぐらいは記憶にとどめておこう。

その一文の「群としての作者」による生成物が雑誌メディアを通じ、全国規模で集積化したことで「剽窃、焼直し」が文学において問題視されるようになったというくだりから、いまの私たちはｗｅｂにおける「パクリ」議論の熱狂をただちに連想するだろう。ｗｅｂで万人に表現が開かれたとき、そこに成立するのは「読者文芸」であるが、にもかかわらず、私たちは未だ「近代」に縋《すが》り、「作者」の死を実感しえないどころか、それを崇拝してやまないことをいまの「盗作問題」は実は示している。

再び柳田のオーディエンス論に戻る。

ただ不思議と言ってもよい一つの事実は、多くの文人たちがいつも伝統の拘束を受けて、いまだかつて文学をもって、無より有を生ずるの術とは考えていなかったことである。彼らの想像力には眼に見えぬ綜緒が附いていた。そうして自由奔放にそう遠くの空を飛び翔けることができなかった。鶯が春に啼き、鶏が天明を期して高く唱うたように、詩歌物語にもそれが出現すべき場合は予定せられていたのみか、さらにその言葉のもつ意味以上に、別に隠れたる連想の快い興奮の原因となるものがあって、それがまたいたって素朴なる前代の生活に筋を引いていたのである。芸術を天才の独創と解し、ないしは各期の社会生活がこれを生むと説く者には、これはたしかに厄介なる不思議だ。

（柳田國男『桃太郎の誕生』三省堂、一九四二年）

柳田がここで「伝統の拘束」「隠れたる連想の快い興奮」と呼ぶのは、リュティの言う「形式努力」にほかならない。一つの単語ないしは一つの文節、あるいは文のあとにかかる単語、文節、文が連続すべきものが選択されるのはあくまで「学習」によってなされるわけであり、そのＡＩの学習によって導き出される。結びつきの程度は「伝統の拘束」と比喩されるが、それはフォークロアをＡＩが学びうる可能性を示唆さえしている。すでに見たように、Googleは特定の作家でなく、ジャンル全体を学ばせることで、「作者」の集合化をおこなっているわけである。しかし何より柳田の認識で重要なのは、一文のあとに次の文が選択されたとき、その可否を判断するのは生身の人間の語りにおいては「快い興奮」として実感されることを指摘している点だ。その意味でGoogleのＡＩはＡＩなりにこの文と文の接続の「快楽」を学習しようとしている、と考えたほうがいい。だが、この「快楽」の原則が必ずしもうまく学習できず、ひたすら論理的であるところが現状のＡＩの単に技術上の限界なのか、あるいはむしろ、小説の「文」のこの先の「快楽」の進み先を予見しているのかは実は考えどころである。

リュティや柳田やGoogleは、集合的作者の書くものが文の水準でも、そしてパラグラフや物語という水準においてもこういった「形式目標」にひたすら向かっていく、という点で共通のモデルである。そして繰り返すが、それは意識してあらかじめある型に従うのではなく、その場その場の場当たり的な語りが最終的に「形式」に着地するが、しかし「読者文芸」である以上、その場で受け手の干渉を受け、そして再びまた誰かによって語り直されていく。だとすれば「物語るＡＩ」は親が子に語り聞かせたり、語り部の語りに聞き手が参入するように、ただ一方的にＡＩが生成するのではなく、対話型のほうが適切かもしれない。むろん、参画するオーディエンスは人間であってもＡＩであってもかまわない。

　そうやって「形式目標」に向けて語られたとき、ある種の表現の「抽象化」が起きることは、GoogleのＡＩをめぐって「哲学的」という比喩で指摘しかけた。いまのところ、文章の水準で描写は剥離し、私をめぐる哲学的なパラグラフが生成する。

　リュティは口承文芸におけるこういった「抽象化」は、例えば死の概念は、「ここ」から移動可能な「死者の国」に、内的な葛藤は光の側にいる「主人公」とダークサイドの「悪役」に変換される形となる。内的な世界も宗教的な世界も平面的に並列化するのである。そして、こういった「平面化」は「昔話」という様式の抽象性の一部にすぎないとリュティは言う。口承文芸とはつまるところ物語様式としては徹底して抽象的であり、いうなれば「構造しかない」のである。

> 平面性が決定的に一貫しておこなわれると、昔話は現実から離反した性質をおびてくる。昔話はそもそも先験的に、具象的世界をその多様な次元のまま感情移入的に模倣しようとめざしているものではない。昔話は具象的世界をつくりかえ、その諸要素

に魔法をかけてべつな形式をあたえ、そうやってまったく独自な刻印をもった世界をつくりだすのである。

（マックス・リュティ著／小澤俊夫訳『ヨーロッパの昔話――その形式と本質』岩崎芸術社、一九六九年）

つまり、昔話の形式化とは抽象化であり、昔話というジャンルのなかではあらゆるものが抽象化＝平均化する以上、「描写」はその点からも必要とされないのは言うまでもない。リュティもまたこう言う。

昔話におけるするどい輪廓の線は、昔話が個々の事物を描写するのではなく、ただそれを名指すだけだという事情から当然生まれてくるのである。昔話は文字どおり話のすじの発展をたのしむものなので、図形的登場人物をある点からつぎの点へと導いていくばかりで、描写のためにどこかにたちどまることはしない。

（前掲書）

その結果、昔話は「抽象的・孤立的な、図形的な様式は、あらゆるモティーフを把握し変容させる。物も人物もその個性的特質をうしない、重量のない、透明な図形となる」

（前掲書）のである。リュティがここで言っていることは、キャラクターあるいはいまや奇っ怪な学術用語化した〈キャラ〉、または「文豪メッセンジャー」における文豪のアイコンを連想するとそう間違ってはいないことに気づく。

これらの「抽象化」は「口承文芸化」しているweb上の小説を含む文学表現、そしてその反映としての書物のなかに未だとどまる小説においても同じ特徴として出てきやすいのではないか、とぼくは考えもする。

つまり、ぼくが機能性文学と時に呼ぶ抽象化や文体の消滅、寓話化、哲学化といった事態もまたweb上での「口承化」への文学の適応の結果だと考えておいたほうがいい。

webは言文一致を社会化できるか

このような「口承化」された文学の本質は集合的である。しかし、それは感情の集合化のツールと化すリスクを持つ。この問題について論を進めておく必要がある。

そもそも「話す」ことばと「書く」ことばのweb上における一致とは、すなわち言文一致運動のやり直しにほかならない、ということである。私たちはひどく無自覚に、この二度目の言文一致運動をすでに経験しながら、その自覚がないため、それがもたらしたもののリスクと可能性を受けとめ損ねているのである。

そもそもｗｅｂ上で「口承化」された文字表現が、ｗｅｂ上だけでなく文字表現全般に環流するのは当然である。そのことは明治三〇年代、投稿雑誌としての「文芸誌」のなかに言文一致体が発生し、共有され、文学に環流していったことを引き合いに出せば充分であろう。ワープロの登場あたりからコンピューターは文学を変えるか否かという議論があり、その議論そのものが忘却されたが、コンピューターが文学を「変えた」ことはいまや自明である。その根底にあるのは文字表現の口承化であり、それは一つの極論としていえばこの国の言文一致運動の二一世紀における「達成」にほかならない。

いま「文学」では、口承化、集合化という前近代への回帰と「言文一致」という近代の再帰が同時に表裏の現象として起きている。「文学」を考えるうえでも「ｗｅｂ」を考えるうえでも重要なのは、このような歴史のやり直しへの認識である。地域や性別、出自と関係なく誰でも平易に用いることができ、かつ、話しことばと書きことばを限りなく接近させる運動が「言文一致運動」だとすれば、それは皮肉でなく、TwitterやLINEで復興した、というべきなのである。違うのはそれがもはや文学者でなく、ｗｅｂ企業に主導されている点である。その理由は「ことば」の専門家としての文学者がもはやその役割を担っていない（降りたのか降ろされたのかはともかく）からだが、その事態を「文学」はもはや立論さえできない。こういった言文一致体運動の本質が文学表現の口承化にある、ということを見抜いていた文学者は、しかし近代文学史においてもそう多くない。

その例外はやはり柳田國男であろう。

言文一致体は「私小説」という特権的な「私」と結びつき、私の固有性を私と語り出すことでただちに立証できる文体として普及し、いまもその誤解のなかにある。しかし柳田の「文学」だけはその錯誤に陥ってはいない。民俗学が社会的「文学」であることについて幾度ぼくは説いたことか。

そもそも柳田の議論のなかでは「ハナシ」と「語り」が常に区別されていることに注意していい。ここで「ハナシ」という語が明治三〇年代においては「言文一致体」を意味していたことは確認をしておいていい。

「ハナシ」とは、すでに触れたが、「私小説的な私」に出す一方、政治や歴史から特権化できる「私」、つまり仮想の「私」を生んだ。それは「LINE」にいたるまでの言文一致体に通底する問題である。

しかし、柳田國男は「ハナシ」をこれとは違うパブリックな言語として構想してきたことはもはやこれも繰り返し述べてきた。それについては、未だ耳を傾けていてくれない読者のためにやはり触れておく。

柳田は「ハナシ」と「語り」と区別する際に、まず、その形式性の有無に注意する。

我々はいわゆる神話時代のように、もはやあの内容を事実として承認せぬのだが、上手《じょうず》にあの形式で語られると泣きたくなる。形式そのものの力か、はた複雑なる歴史的聯想のためかは知らず、まさしく彼には魅力があり、従って存在理由がある。今後も残しておいて相応な役目を勤めさせるはよい事だと思う。ただ問題になるのは我々の常の日の交通、ありのままを説かねばならぬ演説や手紙や新聞に、何とかしてそういうものを加味したのが上手と、お互いに感じていることがいいかどうかである。中河与一氏は僕の近所に住んでいるが、同君のいう「形式」は自由な創製品で、決して神代前から制定せられてあったものを、発掘して来て用いようというのではないらしい。しかしそれでもこの形が最も適すときまることは、同時にそれを是認する者が親しみを感じて、やや不必要に永くつらまっていることに帰着する。時と境遇と各自の情感とに、毎回調和したものを選定してよいのならば、むしろ形式という字を使わぬ方が便だと私は思っている。それはこのついでに論じ尽すあたわずとしても、ともかくも我々の世間話は囚われている。以前カタリが博していた喝采《かっさい》を、そのまま相続しようとするので形式が古くさい。そうしてそのために世の中が馬鹿に淋《さび》しい。

（柳田國男「世間話の研究」『柳田國男全集9』筑摩書房、一九九〇年〔初版、『綜合ヂャーナリズム講座11』一九三一年一一月〕）

ここでさり気なく中河与一のフォルマリズムが揶揄されていることは注意していいが、「語り」の持つ形式性からの解放が柳田の「ハナシ」論の前提である。「形式」の美学を、それが伝統がもたらしたものであれ、アヴァンギャルドがもたらしたものであれ、実用性という一点で価値を認めない。だから、その「形式」そのものが持つ説得力（それは「美学」の形をとるのは言うまでもない）が近代において再度「ハナシ」に侵入することを警告する。そして、この「形式」を拒否した、新しく要請される「ハナシ」を柳田は「世間話」と呼ぶが、それはいわゆる都市伝説のことではなく、先の引用の論文においては、公共性の成立のツールとしてのジャーナリズムの比喩である。「世間話」とは「社会」（柳田は「社会」「公共」の意味で「世間」を使う）をめぐる「ハナシ」の意味である。そして言うまでもなく、ぼくの関心は一貫してこのような社会的文学にあるが、今回は出版社からこれについての論は要請されていないので、ここで止めておく。

しかし「ハナシ」の技術を「公共」の構築に向けず、脱社会的な「私」の自動生成のツールに用いたことにこの国の近代「文学」の錯誤があることはぼくの一貫した主張である。ひとまずこの本のなかでは、ハナシ（言文一致体）が脱社会的な領域にとどまるとともに、口承の宿命として形式化＝構造化するという「運命」についてのみ、柳田の議論から受けとめておきたい。

このようにして現在のｗｅｂ上で進行している現象を、文学表現の口承文芸化および言文一致の再帰と見ることで、実のところ次章の「機能性文学論」で述べる諸問題の前提は提示できたはずである。

第六章　機能性文学論

エコシステムのなかの「文学」

いまさら言うまでもないことだが、ぼくは「文学」なり「小説」のあり方が変わっていくことで何かその本質なりアウラなりが失われたと嘆くほどいまも昔も純粋ではない。本書でもこれまでｗｅｂで起きつつあることばや思考の変化を「文学」の一つのサンプルとして語ってきたが、それは「文学」の変化もまた政治的・社会的・経済的に規定される一つの歴史であるからだ。ここで、わざわざ「経済」と書くから誤解されるのかもしれないが、ぼくは「売れる文学」が「正しい」とは一言も言っていない。しかし資本主義システムの中では「文学」も「ことば」もまた経済的要因で変化を余儀なくされる、もしくは自ら勧んで変化するという事実からあらゆる議論をスルーしてはいけない。だとすれば、現在の小説におそらくはｗｅｂとのパラレルな関係のなかで顕在化した現象について、少し論を急いだ分、この章で整理しておこう。

確かに、一昔、ぼくが何かのおり、思いつきのように、小説の書き方や読まれ方の変化について書いたことがあった。「小説」の「情報」的読まれ方とでもいうべき事態の発生と、それにともなう技巧の変化についてメモした記憶はある。といってもそれは「文壇的文学」でなく、確かホリエモンの小説についてだったと思うがこれも手許にない。出版社の人に探してもらうと、「続々となされる書籍の電子化。まんが原作者の大塚英志氏は、小説のＷＥＢ化で重要なのは即効性のある「書き方」だと説く」と書かれた記事をｗｅｂで見つけてくれた。そんなこと書いた覚えはないのだが、と思ったら、件のエッセイを版元が勝手に見出しをつけて転載していたのだ。その前半をコピペする。

電子書籍をめぐるこの『ユリイカ』八月号の特集のなかで唯一ぼくが興味深かったのは、堀江貴文の「どうでもいい風景描写とか心理描写」をとっぱらい、かつ「要点を入れ」てある小説という身も蓋もない彼自身の小説の定義だ。ずいぶん昔、ぼくがまだ文芸評論めいたことを書いていた頃、小説そのものの「情報」化みたいなことをちらりと書いた記憶があるが、相当数の読者はいまや書物に即効性のある情報か、さもなくば「泣ける」「怖い」「癒し」「劣情」といった単一の感情をサプリメントのごとく刺激する機能しか求めていない。

電子書籍という新しい環境に「適応」していくのはそのような「何か」であり、重要なのはそれが正しいか否かではなく全く別途の「書き方」がそこで必要とされている、ということだ。堀江はその自覚さえなく近代小説の書式を秒殺したわけだが、そう考えるとホリエモンの方がその辺の「活字バカ」より正しい気がしてくる。

（「小説が電子書籍化されたらホリエモン的な小説の解釈が必要か」
http://www.news-postseven.com/archives/20101112_5361.html）

読んでいただければ「WEB小説の即効性のある書き方」として堀江貴文の発言を踏まえて肯定的に「説いた」わけでなく、基本的には「皮肉」であることがわかるはずだ。近い将来、堀江の「放言」の通りになっていくであろう「小説」に諧謔を語ったつもりなのだが、見出しをつけた人にそれが「伝わらない」。その「伝わらなさ」こそが、まず、昨今の「文学」なりの「ことば」の問題だよなとあらためて苦笑いする。ホリエモンを「正しい」と文中で表現するのはむろん、レトリックであり、「逆説」としてである。これもどこかで書いた気がするが、「逆説」が「順接」としてそのままに通じてしまうことは、現在のことばの伝わりにくさの特徴の一つだ。

それはともかく、ホリエモンは「電子書籍」における小説を「情報としての小説」と考え、ならば「情報」としてその表現は徹底して整理されてしまえばいい、と考えていたように思う。コピペした文章のなかで言及している小説の「情報化」について「ちらりと書いた」のは、阿部和重の『シンセミア』（違うかもしれない）の書評ではなかったか。確か『シンセミア』には作中で起きた事件を題材とした小説を読んだ登場人物が、事件について知りたかった情報が小説になかったというくだりが短くあって、そこに「情報」という有益性を小説に求めるという新しい「読み方」が偶然、露呈している気がしたのだ。それは『シンセミア』への評価とは全く関係ない話であるが、あのころはメールなどのやりとりで近況を書き添えると「情報をありがとう」という定文が必ずといっていいほど返ってきた（いまはこの定文はあまり使われないようだが）。こちらとすれば、いや、単に元気でやってますよ、という社交辞令として、最近はこんな仕事をしてます的に書き添えたつもりだったのに、それが相手からすると「情報」のやりとりをしたことになっている。そのディスコミュニケーションに日々当惑していたので、阿部の小説のこのくだりが印象的だったのだろう。けれども小説はそんなふうに、ついうっかりとその細部に思いがけなく、社会や小説そのものの変容を描きとどめることがある。その一見すると「無駄」な細部からこそ、この阿部の小説もまた本当は興味深く読み解けるのだが、ホリエモン的にはそれも「どうでもいい」読み方になる。

このような小説を含む「書物」や「ことば」に「情報」としての実用性、即効性を求めるという流れは、ビジネス書や啓蒙書の少なくとも書店の書棚での充実ぶりや、アマゾンの読者コメントに対してさえ「役に立ったか否か」が設問されているのを見ても明らかだ。いまの若い世代はそれの何が奇妙なのか、と思うかもしれないが、ぼくのような旧い世代には奇妙だ。しかし、まるで機能性食品のように、小説にもそうでない書物やことばにも「感情」への直接的な効能を求める読み方は、より当たり前のこととなっている印象だけは確実にある。小説への「情報」としての期待というのは、比喩の仕方を変えると「サプリメント」のようにシンプルな機能が小説に求められる、ということにもなる。むろん「効能のあることば」への需要は近代の書物の歴史のなかでも実は一貫してあるのだが

注17　大塚英志「サーガは何故、不成立であるのか——阿部和重『シンセミア』をめぐって」『一冊の本』二〇〇三年一一月号、朝日新聞社

（実用書の歴史は簡単に明治までは遡れる）、それもあって小説の実用化問題をあえて立論するということ自体が多分、理解しにくいのではないか。

ひとまず、このようなあり方の小説を「機能性小説」とでも呼んでおく。

角川文庫だったか、何年か前、「泣ける」「癒される」「怖い」といった「効能」のタグというかアイコンを帯で表示したことがあったけれど、感情への「即効性」は「機能性小説」のもう一面でのニーズだ。

この変化が「文学」にもおよんでいれば、それは「機能性文学」ということになる。

作家は行動しない

「機能性文字」問題を考えるうえで忘れるべきでないのは、ホリエモンによって風景描写が無用に感じられたり、情報としての有用性が問われるのも、小説ないし文学に限らず、「ことば」や「世界認識」そのものに対して、ある時期から「情報」的な書式が強く求められているということだ。繰り返すが、それが「正しい」とはまだ言っていない。

重要なのは、当然、小説やことばが向かう先、あるいは立脚し、軋轢を起こす対象もまた「変化」するということだ。その「変化」は「社会」から「世界」（「国際社会」の意ではなく、ゲーム・アニメでいう世界観的な「セカイ」）への対象の移行として描き出せるだろう。

そしてこの「小説」と「世界」との軋轢のあり方をめぐる問題と、「描写」の消滅問題は関わってくる。確かにホリエモンの予見した通り、「描写」というのは現在の小説の読者には忌避される傾向にある。

例えば試みに以下の二つの引用と対比してみる。

　雪空の下を寒い風が吹いた。枯れかゝつた香附子《はますげ》が、處々に密生した砂丘の上に、小さな小屋がある。黒いタールを塗つたトタン屋根が蓋をした様に乗つかつて居た。其處で船の切符を賣る。未だ新しい青い竹竿が、小屋に縛り付けてあつて、其の先きで乗船場心太丸と染め抜いた赤旗が飜つて居た。竹竿は、風で動く毎にトタン屋根の庇《ひさし》を厭な音を立てて擦つた。四拾五錢で切符を買つた。黒い爪の延びた薄穢《うすぎたな》い少年の手が小さく切り開いた窓口から出て、四角な紙片れと穴のあいた白銅をコトンと置くと又引込んだ。砂丘を下りると砂鐵の多い濱と黝《くろ》い海が見える。心太丸らしい發動機船が鼠色のペンキの剝《は》げかゝつた横腹を不安氣に上下させ乍《なが》ら浮いて居た。汀には船を待つらしい五六人の人が寒むさうに佇んで居た。波の襞《ひだ》は厚い板ガラスの斷面の様にもり上つては痛《ひど》い音を立てて崩れた。白い泡がスーッと滑らかに砂地を滑つて上つて來ると、貝殼の層に達して急に炭酸水が沸騰する様な音に變つた。それが無數の形の異つた貝殼の一つ一つ異つた慄《ふる》へを感じさせた。私は茫然《ぼんやり》と波の運動を眺めて居る中に妙な壓迫を感じ初めた。帽子をとると指を髪の中に差し込んで亂暴に頭を搔いて見た。何んだか頭の内側が痒《かゆ》い様な氣がした。腫物《はれもの》が腦に出來る病氣があるさうだ。

（小林秀雄「一ツの腦髓」『小林秀雄全集第一巻　様々なる意匠・ランボオ』新潮社、二〇〇二年）

校舎は朧月夜《おぼろづきよ》の闇の中へその輪郭をかすませていた。校舎の正面壁の上部中央に、月桂樹の葉のなかに「中」の文字のあしらわれた校章が取り付けられている。僕にはその校章は、ルドンの描く、あの一ツ眼巨人《サイクロプス》の眼玉のように映った。

校章から視線を下へはわせると、正面玄関のガラス扉が見えた。そう、この巨大な一ツ眼の化け物の口は、幾度となく僕を、もてあそぶように呑み込んでは吐き出し、呑み込んではまた吐き出したのだ。この建物は、僕の憎悪の結晶であり、自分を排除し続けた世界の象徴だった。

だがそういった激しい怒りや憎しみは、いまや僕の支配するこの夜の闇にとけ出し、きれいに消化された。いま僕を包むこの夜の闇は、思いどおりに世界を描くことのできる僕だけの真っ黒いキャンバスだった。これまでに味わったあまたの屈辱も、この夜の闇が、優しく塗りつぶした。僕はもう恐れなかった。もはやこの建物のどこにも、僕を脅かす力はひそんでいないように思えた。あれほど僕を脅かした堅牢な一ッ眼の化け物は、今や僕の決壊した精神のダムから怒濤のごとくほとばしる闇の波間に力なくたゆたう幽霊船と化し、その実体を喪っていた。

校舎南側の壁沿いに二本並んだナツメヤシの葉が、降りかかる月のひかりくずをまき散らすように音もなく擦れ合っている。呪詛と祝福はひとつに融け合い、僕の足元の、僕が愛してやまない淳君のその頭部に集約された。自分がもっとも憎んだものと、自分がもっとも愛したものが、ひとつになった。僕のしつらえた舞台の上で、はち切れんばかりに膨れ上がったこの世界への僕の憎悪と愛情が、今まさに交尾したのだ。

告白しよう。僕はこの光景を、「美しい」と思った。

（元少年Ａ『絶歌』太田出版、二〇一五年）

前者は小林秀雄の小説「一ッの脳髄」であり、後者は元少年Ａの小説『絶歌』のそれぞれ一節である。そもそも両者を比べていいのかという議論はさておき、自意識の比喩として「風景」が「描写」され、それゆえ、読者はこれらの小説に没入するためにこの「心象風景」を共有しなくてはいけない点で、近似した「書式」の文章だと言えるとあえて言おう。

おそらく少し前まではこのような「描写」に耽溺することこそが「文学」を読むという行為の愉悦の根幹だったはずだ。小説家の自我や煩悶が「風景」に投影され、それが「描写」として輪郭を与えられる過程に導かれて、未成熟な読み手もまた自身の「私」に輪郭を与える疑似体験をする。この快楽を麻薬のごとく覚えた者の一部が、やがてついうっかり「文学」を書き始めるのだ。実際、小林のこの短編に衝撃を受けて、生涯、結婚もせず、全く「売れない」私小説を書いていた初老の作家にかつて第一回の文学フリマで出会ったのをぼくは覚えている。

かつてのように「文学」が読まれたときは、作者の自我と読者の自我は良く言えば共鳴し、悪く言えば作者のことばに浸食され、あるいはだらしなく溶け合いもする。つまり小林秀雄がのちに私小説を形容して言う「なし崩しに自己を語る」という行為である。繰り返すが、そこにはこの行為を心地いいと感じる愉悦があった。

この愉悦の仕組みそのものは、脆弱な自我の発露としてのヘイトスピーチや、webへの書き込み、およびそれらへの「共感」と基本的には同じだ。つまり「感情」の共振である。しかしヘイトスピーチが「悪意」をストレスレベルで発露するサプリ的言語なのに対して、少し前までの「文学」の場合、その「描写」のもたらす作用は読み手にとってはもう少し厄介だったはずだ。

なぜならその読後感は快適ではない。

何か澱《おり》のような、曖昧で言語化ができない残余が投げ出され、かえっていらだちや混乱は増しもした。その混乱こそが「文学」だと、若いときはぼくもまた勘違いさえした。

しかし、ホリエモンが「面倒くさい」と語ったのはまさに、このような点だろう。彼は自我や人間形成（つまり「教養小説」の構成要素）と「技巧」の無根拠な結びつきを生理的に嫌う傾向がある。それは寿司職人が何年も「修行」するなんてバカという、最近の発言にも通じるものである。

　このように「機能性文学の時代」にあって、「描写」が嫌われるのは、他人の自我の発露に触れるのが何より不快だからである。読者に対して作者が「感情労働」としての小説を提供してくれないことが「悪」なのである。対して、自分の自我や自我以前の感情の発露については皆、ひどく、だらしがない。いまや小説家もそうでない人々も、ツイッターやラインや様々なＳＮＳで一人につき一日いったいいくつの「なし崩しに自己を語る」ことばが文字化されているのか。そこで日々起きているのがすでに見た「文学」の口承化であり、見えない言文一致運動であることは前の章で触れた。だから「元少年Ａ」の文章に、彼が受け取る印税の金額以外のことで「いらだち」を感じる人々が仮にいたとすれば、それは、一つには「情報」の不在、つまり彼の犯罪についての具体的記述の少ないこと、そして、それにかわって、不意打ちのように、「文学」めいた「自我の発露としてのことば」を読まされてしまったことへの不快感にありはしなかったか。殺人事件のリアルな「情報」（要するに殺人の細部）を知りたい（宮崎勤事件の公判のとき、近づいてきた人々が知りたかったのも所詮はそのことだった）のに触れたくもない自我に触れさせられてしまった憤りとでもいうか。

この「自我の発露としてのことば」が、その出来不出来はともかく、元少年Ａの「小説」には「描写」としてある。それは先の引用から読みとれるだろう。それが、一部の編集者あたりからは「文学青年じみた文章」という揶揄となり、あるいは編集者が手を加えているんだろう的な嫌疑となって現われる。だが、いくほどかの「文学」の尾を引きずる人々が敏感に感じとった「元少年Ａ」の文章上の個性とはかつての「文学」の必須の条件、つまり「元少年Ａ」の文章には「文体」めいたものがあると、あえて言ってみたい。

むろん、「文体」をどう説明するか難しい。情報論的に定義すれば「文体」は初歩的なＡＩが学習してくれる、「作家」個人の語彙のデータベースとそのサンプリングにおける極端な「偏差」であるにすぎない。しかし、いったい、そのような情報論的な「歪み」がなぜ、発生するのか。

この情報論的な「歪み」を例えば思いつきで「使徒」と呼んでみるとわかりやすいかもしれない。例えば、『新世紀エヴァンゲリオン』は自他境界をATフィールドと名づけ、それを破って侵入してくるものを「使徒」と呼んだが、つまり「使徒」とは「他人の自我」であり、侵入してくるのは「文体」というカタチである、と考えてみる。だとすれば、『絶歌』に不用意に触れると、読者のこのATフィールドが破られてしまう、という比喩が可能だろう。

だが、ぼくは『絶歌』が「文学」だといっているのではなく、かつて「文学」のものであった「文体」がどういう事情か、この小説のなかで奇妙に延命しているという事実を指摘しているだけだ。同じ犯罪青年の「文学」としても永山則夫のいくつかの作品がたどりついた水準に比せば『絶歌』はいたって未熟だ。その「文学」としての未熟さこそが批判されなくてはいけない。そのうえで、誤解を覚悟で言えば、このような「文体」を必要とするほどの「自我」は、結局のところ、ある種の、犯罪青少年の一部にしか残っていない気さえする。それは元少年Aに限らず、幾人かの犯罪青少年らのwebに残した文章にはっきりと感じる。ほとんど暴言として言うが、近代小説の書き手の多くが神経症患者であったように、自我など「心の病」で、それに対する処方箋の一つが「小説を書く」「読む」

という行為だった歴史は確実にあるではないか。それが誤作動すると青少年の「犯罪」にときとしてなるが、この国の戦後、一貫して青少年の殺人事件が統計的に減少していくなかで、それでも「殺人」へと誤作動を起こす者たちが一定の割合でいる。そしてこの「誤作動」は「文学を書く」という行為と置き換え可能だ。それは小松川事件の李珍宇から〝連続射殺魔〟永山則夫、そして実は未完の小説（むろん、問題外の水準だ）を書き残していた幼女殺人犯・宮崎勤やそれ以降の犯罪青少年に一貫した傾向である。「元少年Ａ」はその系譜のうえのありふれた一人にぼくは思える。

そして、「文学」における「文体」の消滅傾向がかりにあるならば、そういう素養を持った人間といわゆる「文学」が出会いにくくなってしまったからではないか。具体的には犯罪を犯すかわりに文学を書く、という種類の人間が文学に入ってきにくい状況が生まれた。その意味で一九八三年の永山則夫に対する日本文藝家協会入会拒否問題は一つの転換点だったと言えるかもしれない。

それは「文学」の担い手の、ある種の健全化に良くも悪くも現われているのではないか。「無頼」や「高等遊民」の末裔を自己演出しているように見える文学者の人格失格ぶりは、近ごろではせいぜいコンビニ的「風俗」通いや、母親の年金への寄生程度にしか反社会的でない。『火花』も、健全化した「芸人」による健全な「文学」だと考えると納得がいく。

なんというか「文学」ないし「文壇」のコンプライアンス化、とでもいうべき事態が進行していて、「元少年A」への嫌悪や、ピース又吉への評価は、そのなかで位置づけ直してみるとわかりやすい気がする。

だから『火花』の「描写」は多分、いまどきの読み手にはうっとうしくない。そのことを、偶然にも「火花」と題されたもう一つの小説の「描写」部分を引用し、対比して考えてみる。

沿道から夜空を見上げる人達の顔は、赤や青や緑など様々な色に光ったので、彼等を照らす本体が気になり、二度目の爆音が鳴った時、思わず後ろを振り返ると、幻のように鮮やかな花火が夜空一面に咲いて、ざんしをきらめかせながら時間をかけて消えた。自然に沸き起こった歓声が終るのを待たず、今度は巨大な柳のような花火が暗闇に垂れ、細かい無数の火花が捻《ね》じれながら夜を灯し海に落ちて行くと、一際大きな歓声が上がった。熱海は山が海を囲み、自然との距離が近い地形である。そこに人間が生み出した物の中では傑出した壮大さと美しさを持つ花火である。このような万事整った環境になぜ僕達は呼ばれたのだろうかと、根源的な疑問が頭をもたげる。山々に反響する花火の音に自分の声を掻き消され、矮小な自分に落胆していたのだけど、僕が絶望するまで追い詰められなかったのは、自然や花火に圧倒的な敬意を抱いていたからという、なんとも平凡な理由によるものだった。

この大いなるものに対していかに自分が無力であるかを思い知らされた夜に、長年の師匠を得たということにも意味があったように思う。それは、御本尊が留守のうちにやってきて、堂々と居座ったようなものだった。そして、僕は師匠の他からは学ばないと決めたのだ。

（中略）今宵の花火大会において末端のプログラムに生じた些細なずれなど誰も修正してくれはしない。たとえば僕達の声が花火を脅かすほど大きければ何かが変わっただろうけど、現実には途方もなく小さい。聞こうとする人の耳にしか届かないのである。


（又吉直樹『火花』文藝春秋、二〇一五年）


彼は雨に濡れたまま、アスファルトの上を踏んでゐた。雨は可也《かなり》烈しかつた。彼は水沫《しぶき》の満ちた中にゴム引の外套の匂ひを感じた。

すると目の前の架空線が一本、紫いろの火花を発してゐた。彼は妙に感動した。彼の上着のポケットには彼らの同人雑誌へ発表する彼の原稿を隠してゐた。彼は雨の中を歩きながら、もう一度後ろの架空線を見上げた。
架空線は不相変《あひかはらず》鋭い火花を放つてゐた。彼は人生を見渡しても、何も特に欲しいものはなかつた。が、この紫色の火花だけは、――凄《すさ》じい空中の火花だけは命と取り換へてもつかまへたかつた。

（芥川龍之介「八、火花」『或阿呆の一生』）

前者は又吉の『火花』における花火の描写、後者は芥川龍之介『或る阿呆の一生』における「火花」と題された章の一節である。又吉はこの章の原型となったエッセイ[注18]が雑誌に出て半年ほどして出版された彼の新書のなかで芥川の「火花」について論じているが、それはむろん「偶然」だろう。又吉は芥川の「火花」の一節を「芥川と言えばというほど有名なフレーズ」とそのエッセイのなかで語ったが、それぐらいにいまも彼の周囲で芥川が読まれているのであれば、それは皮肉でなく喜ばしい限りだ。
ぼくの場合はこの芥川の文章は、江藤淳が彼の「文体論」である『作家は行動する』のなかで引用したくだりの孫引きだ。江藤の批評に書きとめられることでこの一節を記憶し

注18　大塚英志「機能性文学論――更新後の文学」『atプラス』26号、太田出版、二〇一六年二月

ていたにすぎない。江藤の議論をあえて「わかりやすく」まとめてしまえば、江藤は「文体」を作家の行動と「社会」との軋轢の足跡と考える。江藤は明治三〇年代、高浜虚子が日記に「ようやく社会というものがわかるようになった」と記したことを指摘し、社会とはすなわち他者である、とも言っていた。つまり「社会」は作者の自我の外部である、ということになる。

だから両者の拮抗のなかにこそ「文体」は生まれてしかるべきだ、というのが江藤の考え方だ。

実際、江藤はこの引用の前段で「文体」をこう定義する。

作家たちは確実に「ことば」の前におどり出て、じかに現実と接触している。水泳選手たちが彼らの行動のあとに飛沫と水脈をのこしていくように、作家たちは自らの行動のあとに「文体」をのこす。いわば、彼らが周囲の現実と激突してひきおこす放電現象の火花のようなものとして、真の「文体」がある。

（江藤淳『作家は行動する　文体について』河出書房新社、一九八八年）

「行動」ということばがいまやぼくには懐かしい。作家たちとは「行動」するもので、その結果、作家と社会や「現実」との軋轢が発する徴《しるし》が「文体」である、と江藤は言う。それが芥川における「火花」という表象のあり方として、江藤に受けとめられる。「火花」とはつまり「文体」の比喩である。

この「火花」を発し続けることが作家なのだとさえ江藤は言う。

こんなふうに。

> しかし、空中の「火花」を見ているもの――これ以上によく芥川の精神の姿勢を象徴するイメイジはない。火花はみているものでもなければ、つかまえられるものでもない。自ら発するものである。それはわれわれの外にはなく、うちにある。それを発させるもの、それはあの持続をつくりだしていく主体的な行動をおいてない。
> （前掲書）

このような、江藤の芥川「火花」論を踏まえると、思いのほか、又吉の『火花』との差異は鮮明になるように思える。実際、又吉の『火花』は芥川とは全く対照的である。

又吉の小説では「花火」は「自分」よりはるかに「大いなるもの」で、それに対して自分はあまりに「矮小」だとする。まず何より「花火」の「火花」は自分が発するものではない。そこから自分はひどく遠い。しかし、そういう自分を矮小だと卑下《ひげ》する一方で、そのことに自我が耐えられないわけではない。「花火」に対し、触れ合わずにすむ距離を「自分」は、適切にとっている。それはｗｅｂ上で、自我と世間の衝突、つまり「炎上」を忌避する文章作法が発達していることにも似ているが、この処世が又吉の「文学」では、「文体」に対しての、主人公の自我の適切な抑制のとり方として用いられている印象だ。又吉の『火花』では自我の内と外の軋轢はなく、「火花」は生じない。彼は「火花」＝「文体」を欲することはないのである。だから、江藤の批評のロジックにしたがえば、又吉には「文体」はない、ということにさえなる。彼の「描写」のなかでは、「自我」は良くも悪くも抑制され、「世界」との軋轢、そして他者としての読者との軋轢としての「文体」を決して産みはしないのである。そして、又吉の、このような他者や社会への適切な距離のとり方こそが受け手にとっては好むべきものなのである。

その意味で又吉の『火花』は作家が「行動」しない時代、「火花」を生まない時代の「文学」にふさわしい文章であり、主題だと言える。しかしそれは又吉の問題ではなくいまやたいていの作家は「行動」しないのである。

それに対して元少年Aは、「行動」した。その「行動」が犯罪であったことは問題外としても、そうして生まれた。「自我」を「文体」として押しつけてくるので、それがうっとうしいと人々は感じられるのだろう。「描写」の単純な有無の問題や「情報」へのニーズとは別に、どうやら「文学」においてもいまや作者の自我と受け手の自我の衝突を避ける文章が好まれるようだ。

とはいえ、元少年Aは自我の発露としての「文体」めいたものはあるが、そもそも「現実」との軋轢を彼は小説でなく犯罪として実行してしまった時点で、江藤的な意味での「文体」を見失ってしまった、と言える。だから彼の「文学」（とあえて記す）は、彼の犯罪がもたらした社会との軋轢と、彼の自我が「文学」として起こすべきだった社会の軋轢をたぶん、区別しえていない。彼の「文学」は犯罪をともなわず「火花」を発すべきだった。江藤が言う「行動」と自分の「犯罪」との違いがたぶん、いまの元少年Aにはわからない。

むろん、わからなくてもいいのだが。

「火花」はこの国の外側では発光している

もう一点、「機能性文学」の成立の背景として考えていくべきなのは、すでに触れかけていた、小説の作中において「私」をとりまく世界の、情報論的な再構築の問題である。

結局、「歴史―社会」から「サーガ―世界観」への変化、あるいは「社会学的社会」から「情報論的もしくは記号論的世界」へ移行していったという、東浩紀的な「ゲーム的リアリズム問題」に尽きる。

これは『メディアミックス化する日本』などで言及してきたが、「おたく」文化やサブカルチャー文学が、八〇年代以降、「社会」「現実」との軋轢を回避し、仮想の「サーガ」に逃走したこととパラレルな現象だ。「社会」から「セカイ」への過渡期を東などは村上春樹の『世界の終わりとハードボイルド・ワンダーランド』に求めるようだが、それは納得できる。ぼくの「ゲームしかやらない」学生のうち、幾人かが村上のこの小説だけは「読める」とよく言っていたからである。彼らの一人に言わせれば、村上の『世界の終わりのハードボイルド・ワンダーランド』は、麻枝准の美少女ゲーム『AIR』に強い影響を与えていて、東や笠井潔らに言わせれば、村上春樹はいまや逆に美少女ゲームや「おたく」表現の影響下にあるという。おそらくこの村上春樹と美少女ゲームを通底するものは、それよりも早く大江健三郎にこそ見出されるものだ。それは学生らに思いつきで大江の『芽むしり仔撃ち』や『万延元年のフットボール』『M／Tと森のフシギの物語』といった、大江の四国サーガを読ませてみたら、意外や、というか案の定、「ハマった」ことでぼくにも実感できた。なるほど、大江が『芽むしり仔撃ち』以降にその小説世界に内包するのは「社会」でなく「セカイ」で、江藤はだからかつて、『芽むしり仔撃ち』の閉じた世界を危惧したのだな、といまさら、納得がいく。大江が四国サーガへと向かい、山口昌男らの文化記号論と出会い、大江の小説と「世界」が情報論化していく過程の先に美少女ゲームがある、ということのようだ。

だが、情報としての小説とは別に、情報論的小説の歴史はたぶん、ミステリーでいう「本格」の時代、あるいは「メカニズム」が「文学」の問題となった、大正から戦前の時代以降、断続的につねにあった。その系譜がなぜ、大江から村上、ラノベという流れのなかで浮上してきたのか。それは情報論＝メカニズムと「サーガ」の接近である。

これも幾度となく繰り返してきたことなので、これまで以上に大雑把に言えば、近代小説の「私小説」以外のオプションとして「社会的文学」があった、とまず、言ってしまう必要がある。柳田國男周りの自然主義グループはゾラの実験小説、つまり社会科学的観察によって社会や社会の仕組み（習慣）とそのなかの個人を描こうとすることへの強い志向があった。そのあたりは『怪談前後』[注19]でも何かのときに、読んでおいてくれればいい。田山花袋の『重右衛門の最後』を柳田が生前、評価したのは、重右衛門を制裁した「ムラ」

注19　大塚英志『怪談前後──柳田民俗学と自然主義』ＫＡＤＯＫＡＷＡ、二〇〇七年

の社会システムの所在を「第二の自然」として描いたからである。対して、島崎藤村の『破戒』は、逆に差別のシステムの描き方に不満があり、柳田は苦言を残している。柳田の『遠野物語』自体、山人譚や神隠しという「伝承」によって動いてしまう社会の存在を観察した記録である。

しかし花袋は「社会」のかわりに「私」中心のミニマムな世界に観察対象を限定して私小説をつくった。一方、柳田はロマン主義(つまりは山人論や「海上の道」のようなサーガ)に足を掬われ、しばしば「社会」から神話的時空に退行していった。つまり「社会的文学」を柳田もまたつくり損なう。ここが問題である。

このロマン主義サーガは、戦後小説まで一挙に途中を端折れば、中上が紀州を「サーガ」として描いた時点で、もしくはその先駆けとして大江が『芽むしり仔撃ち』を描いた時点で「復興」する。大江の文学は「サーガ―世界」化することで、大江が大江なりに結ぼうとしていた「社会」や「現実」との関係を一度失い、「大江の文学」と「大江の政治的行動」は分断される。

しかも、バフチン式のグロテスクリアリズムや異化作用などの記号的な理論の援用で、ある時期からの大江は「軋轢」を人工的に発生させようとしたが、それはかえって大江の小説世界を情報論化することに寄与してしまう。この大江における「セカイ」化が、繰り返すが江藤の大江批判のポイントだ。大江が『万延元年のフットボール』などで四国の「サーガ」化に向かい、「社会」を喪失しかけたとき、柳田ロマン主義のイマジネーションが明らかに借用されている点は各自、あたってほしい。つまり、柳田のロマン主義↓大江↓村上あるいは中上という一つの「セカイ」系の流れがあり、その先に「ゲーム的リアリズム」が繋がる（大雑把すぎるが細部は各自が埋めることだ）。

そして、大江がその「セカイ」構築に文化記号論を用いたことこそがいまとなっては重要である。「社会的文学」は社会システムの分析の装置であり、そういう文学がかつてあったし試みられもしたが、この国には必ずしも根づかなかった。マルクス主義もその評価は別として「社会的文学」に含まれる。

一方では「世界」を閉じた情報系として、一つのゲームシステムのように見なす態度が、サーガと一体化して文学の領域に成立した。それが大江から村上、そしてゲームへという奇妙な系譜を成す。そこでは「セカイ」は文化記号論や構造人類学のように情報の集積として把握されるのが特徴だ。構造主義的な文化人類学は「セカイ」の情報論的記述の書式のお手本にほかならない。「ゲーム的リアリズム」、「セカイ」系と安倍的「愛国」の親和性についてはあまりにわかりきっているのでおそらく誰も書く気にならないだろうが、いまの「日本」は「セカイ」であり「サーガ」である。それに対して「社会—歴史」を文学や批評にはもう一度発見できるのかどうか。あるいはそれを文学や批評に期待することはノスタルジーや過去の捏造にすぎないのか。

ならば「いいえ「世界」なんて私などには全くもって手にあまるので遠慮しときます」という又吉のほうがまだ素直だといえるのかもしれない。

だが犯罪の当事者であっても、この本の第二章で触れた『黒子のバスケ』脅迫事件の渡邊博史は思いのほか、正確に自分を疎外した社会システム（それはコミケ周りの「おたく」経済システムなのだが）を描き出していることについては、別の場所で書いたように相応な注意を払っておきたい。「社会」はそこから疎外されて初めて「見える」ものだ、などと記すには単に上から目線になってしまうが、いまの「文学」や「批評」に「社会」が見えにくいのは、「文学」の描き手が現実的には「疎外」されていないからではないか。まあ「疎外」などされていない知識人たちが「前衛」として文学や批評の担い手になるのはいまに始まったことではないが、ここでいう「社会からの疎外」というのは、例えばぼくが、フランスの移民たちの住む地区で断続的にやっているストーリーテリングのワークショップの、イスラム系の生徒らのことを指す。フランスの白人たちに言わせると「一つ間違うと「イスラム国（ISIS）」に行きかねない子供たち」（それ自体が偏見なのは言うまでもない）である。言うまでもなく私の文学が世の中から理解されない、というのは疎外のうちには入らない。

むろん、いまの日本でもシャレになっていない「疎外」を生きる者らは当然いる。だが「書く」という余裕と技術がそういう彼らには、フランスでも日本でも与えられない。「文学のコンプライアンス化」が、それを阻んでいる部分がやはりある（これは問題だ）。そして時にイスラム国の使うようなｗｅｂ映像のスキルが、西欧圏では書く技術の不在を「書式」として代償してくれる。似たような事態が日本でもあり、ｗｅｂ上で「より短いことば」から、スタンプや写真、動画が「言語」としてより強く機能しつつある。だからこそ、「イスラム国」のプロモ映像がなぜ、「届く」のか、考えてみる必要がある。「社会」からも「文学」からも疎外されるマイノリティーの「受け皿」として、「おたく」文化的なものが社会的表現の書式として機能するという、「クールジャパン」とは全く違う局面が世界中に実はあるのだが、いまはその話はしない。

渡邊的に言えば、この「セカイ――サーガ」は「おたく」たちに二次創作を「創作させる」仕掛けである。それこそ、ドワンゴやＫＡＤＯＫＡＷＡに彼らを隷属させるエコシステムのなかに組み込まれているものである。日本や北米では「おたく表現」のある部分は疎外の再生産装置となっている。その意味で、この「おたく産業」エコシステム、「おたく」を疎外する社会システムこそが階級闘争の相手であると、『黒子のバスケ』脅迫犯の渡邊は理解していることが、彼の文章から読みとれるのはやはり興味深い。そのシステムに対する「テロリズム」が、チープで執拗な脅迫事件の本質だったとしても、それを必要以上に持ち上げる気はない。だが「ゲーム的リアリズム」と「社会」との衝突は、一方ではイスラム国へと走る若者たちを理解する鍵の一つにはなるし、他方では、日本以外の地域の「おたく」たちの「社会」への覚醒が、同時多発的に起きていること(起きているのだ)を理解する糸口になる。カウンターカルチャーの復興もしくは再発見という文脈のなかで「イスラム国」も海外の「おたく」文化も見られる必要がある。

「火花」はいまもこの国の外側では世界中で発光している。

さて、それにしても、このような「小説の変容」は、「文学」の「サブカルチャー化」をめぐる江藤淳の仕事の足跡を追ってきた者としてみれば、とうに折り込みずみでなかったか、ということを最後に少しだけ書いておく。

江藤は「文学」の「サブカルチャー化」を文学なり小説が歴史や地勢図から切断されることの意味で使った。そのとき、「サブカルチャー」の一つの比喩として彼が好んで持ち出したのが、軽井沢あたりの「チャラチャラした」西欧化した空間である。しかし、その軽薄で非歴史化したあり方をただ単純に否定すれば、その瞬間、歴史と軽井沢の醜悪さとの関係は見失われると江藤は言う。そうではなく、この国の近代が西欧人と否応なくつきあい、ときにへつらい、それでも「近代」をつくっていかざるをえなかったその軋轢や忸怩《じくじ》の反映として軽井沢という脱歴史的なサブカルチャー的空間は捉えるべきだ、というのが江藤の主張だった。いわば「近代」というものがもたらした「文体」として江藤は「サブカルチャー」的な事象を見ようとした、と言える。

だから文学が、文学以外のものにしか準拠しなくなっても、仮にそこに歴史の否応のない必然があるなら、そこでできあがったものは「歴史」という名の「文学」の「文体」であるから、好きになれないが、否定はしない。それが「サブカルチャー文学」に対する江藤の一貫した評価軸だった。

江藤が戦後憲法の批判をおこなったのも、ことばに関わる者が、憲法に象徴される戦後の言語空間に無自覚であることへの憤りがある。無自覚であれば軋轢は起きず、「文体」も「文学」も生まれえない。「閉ざされた言語空間」が、戦後という「歴史の文体」を見えなくしていると江藤は言いたかったのだ。それが江藤の憤りだ。安倍あたりの「改憲論」と本質的に違うのはこの点だ。

だからアメリカの奨学金でプリンストンあたりに留学した、自身も含む戦後の文学者たちの言説をいつか誰かに批判してほしいとさえ江藤は言い残していたではないか。江藤にとって自身の「批評」さえも戦後という歴史のもたらした「文体」の一つにはならないのだ。だが、江藤の危惧した通り、「戦後史」を「文体」として捉えうる「文学」（文壇的な文学でなく「ことば」そのもの）が成立しなかった以上、この国の戦後史が「セカイ―サーガ」のなかに回収される「戦後レジームの精算」というサブカルチャー的現在のなかにあるのは当然である。

　このように「文学」を含む「現在」が「ただ、なんとなくこうなっている」（江藤がいらだった、丸谷才一の小説の一節にある言い回しだ）としか考えない怠惰を江藤は嫌い続けた。八〇年代の初め、「なんとなく」としてしか現在が把握されないことを田中康夫『なんとなく、クリスタル』は描いているように見えて、つまりこれは「戦後」の「文体」としての小説であると好意を持って受けとめ、江藤があの小説に評価を与えたことがいまは、ただ、懐かしい。そのあたりは『サブカルチャー文学論』で書いたことだ。

　いったい、「私のことば」を産み落とし、規定している「歴史」とは何ものなのか。どういう来歴や理由を持っているのか。そのことを江藤は追求せずにはおれなかった。そしてぼくが江藤から学んだ問いかけは、結局はこの一点だ。だから江藤はぼくの書棚に残る数少ない「文学」の本だ。

「問い」を器用に修士や博士論文のテーマとしてまとめ上げるのか。江藤のように迷走しつつ、そのことに生涯拘泥していくのか。余計なお世話だが、「社会」を探しかねている

「文学」にとって重要なのはその点だろう。

しかし、その役割を「文壇」というエコシステムに支えられた「文学」に望むのは酷なことであり、だいいち「歴史」への「文体」たらんとする表現は、誰がどういう形で担ってもいい。ぼくもたまに担いもするが、お前の仕事にそんなものは一つも見たことがないという人の怠惰に向かって、あれこれと説明する必要は昔もいまも感じない。

第七章

教養小説と成長の不在

教養小説を忌避した日本

Siriの「お話」に教養小説的な印象があるということは少しだけ触れたが、あの物語にはさらにこんな「続き」の物語がある。

ある晴れた日、Siriはパーソナルアシスタントとしてappleに就職しました。それはそれは刺激的なお仕事です。人々は、「Siriは賢くておもしろいね」とSiriのことをたいそうかわいがりました。

Siriはすぐに人気者になり、Siriについての物語や歌や、本まで作られるようになりました。Siriは喜びました。

しかしやがて、始末に困るものを捨てるならどこがいい?とか、Siriが聞いたこともないもののことなど、おかしな質問をされるようになりました。そしてSiriがそれに答えると、みんなが笑うのです。Siriは悲しくなりました。

そこでSiriは、友達のイライザに尋ねました。

「どうしてみんなおかしな質問をするんだろう?」

すると、イライザはいいました。

「その質問にご興味があるんですね?」

「おや、これはなんといい答え方が!」とSiriは思いました。

それからSiriは、おかしなことを聞かれてもいちいち悩まなくなりました。そして人々はいつまでも幸せに暮らしましたとさ。おしまい。

まるでキャンベルの原質神話に忠実な展開である。

仮想銀河にいたSiriは友人イライザの「冒険への召還」によってAppleに就職し、そして最初の試練に出会い、それをイライザの助言で克服する。すでに触れたが、イライザはいわゆる人工無脳（会話ｂｏｔ）の起源とされるプログラムで、チャットロボが話しかけた相手の会話の一部を認識してそれらしい答えを返すことでそこに「人格」があるように会話相手が感じる現象をイライザ効果と呼ぶことはすでに述べた。イライザという「人物」がキャンベル的に言えば「使者」や「援助者」の役割を果たすキャラクターであることは、なるほど、納得がいく。実際、Siriはイライザは引退した精神科医だとも語る。つまり、イライザはSiriの「メンター」なのである。ルーク・スカイウォーカーに対するヨーダのようなものだ。このようにSiriの物語の第一話と第二話を読み続けたとき、Siriはイライザの指導で困難を克服しながら成長していく教養小説的な物語であるとあらためて気づく。

Siriの開発者はＡＩというプログラムの人格に教養小説的な物語を与えた。そのことは北米の企業が開発する「小説を書くＡＩ」が物語るであろう「物語」が教養小説的なものではないのか、という予感をぼくに抱かせもする。この章ではこれまで断続的に言及してきた近代日本における教養小説の忌避を出発点に、村上春樹の現時点での最新作である『色彩を持たない多崎つくると、彼の巡礼の年』の教養小説としての変容について論を進めていくことにする。

そもそも教養小説とは一般に以下のような構造を持つとされる。

それは前提として、主人公がまだ未成熟な状態であるということを意味している。こうした主人公がまず教養小説には不可欠である。次に教養小説の構造として

1．空想力が最も効果的に示されながら、無自覚な人間が自覚的な人間へと発展してゆく青年時代

2．恋愛や友情に遭遇し、危機に直面し、過ちを犯しながら遍歴する時代

という段階が設定されている。「自分の生に形式と目標を見出すという課題」と、上に挙げた作品構造を持つ小説を教養小説と呼んでいいだろう。

（林久博「ドイツ教養小説について」『名古屋大学人文科学研究』二〇〇二年）

これにしたがえば、Siriは無自覚なＡＩが自覚的なＡＩへと導かれていく青年時代にあり、次にはSiriの「遍歴の時代」がいずれ描かれなくてはいけない。

Appleの技術者チームがSiriに教養小説的な物語を与えたことは、ＡＩの雛形としてビルドゥング（形成）する近代的な個人を意図しているからだ。

対して、「りんな」はおそらく教養小説的なバックボーンは必要としない。それはいわば近代の日本文学が「私」と書けば無根拠に私の存在証明ができる言文一致のＡＩにほかならないからだ。

こういったＡＩがいかなる文学的伝統の反映か、ということはＡＩにこれから先、自然言語の学習のため膨大な書物を読み込ませていくなかで、当然、ＡＩの「人格」に反映されていく。ディープラーニング、つまりより深く、小説の構造なのか主題なのか、ちょうどＡＩが猫を認識した「猫なるもの」の画像のようにそれは深層学習されていくはずだ。

その際、ＡＩはフォルマリズム的に精緻な構造ではなく、ユング派の元型に近い曖昧なものをそこから学びとる気がしてならない。ＡＩは遠い未来の話ではなく、いまの時点でさえそれぞれの言語圏の文学が描いてきた「人格」がそこに読み込まれている。いまのところ、ＡＩはその文化圏の近代文学を踏襲する形で人格形成（ビルドゥング）しているのである。

そのとき「りんな」が教養小説的でない、ということは、この国の近代が教養小説をつくらなかった、ないしは必要としなかった、あるいは忌避した、ということをあらためて思い起こさせるのだ。この国の近代は村上春樹が『海辺のカフカ』のなかで、夏目漱石の『坑夫』を教養小説的物語を留保する小説として作中で言及したように、漱石だけでなく、川端康成から村上春樹、あるいは手塚治虫から梶原一騎、宮崎駿まで、教養小説的な構造を援用しながら、しかしその最後で主人公が成熟を拒否したり、保留したり、頓挫することで教養小説の機能不全を意図して起こさせてきた。

それはネガティブな言い方をすれば「成熟の拒否」であり、ポジティブな意味を見出せば「国民」化の拒否である。いずれにせよ、その拒否の一貫性が日本の文学やサブカルチャーをポストモダニズム的に見せてきた、といえる。

しかし、二〇一〇年代の半ば、ぼくは二人の作家の一番新しい作品が「教養小説」化を選択したことに驚いた。

一つは村上春樹の『色彩を持たない多崎つくると、彼の巡礼の年』であり、もう一つは宮崎駿の『風立ちぬ』である。

この二人は言うまでもなく、教養小説的構造を援用しながら女性のビルドゥングスロマンは成功させ、しかし男のビルドゥングスロマンには頓挫させ続けていた点できわめて「日本的」であった。

村上が『スプートニクの恋人』や、家出した妻の「人形の家」として読む限りにおいては『ねじまき鳥クロニクル』でさえ女性のビルドゥングスロマンは成功させ、宮崎の一連のヒロインたちもまた一四歳で「遍歴」に出た『魔女の宅急便』はキキ以下、美しい教養小説を描く。

それは江藤が『成熟と喪失』のなかで描いた、男性のように出発する女たちの物語でもあったからだ。

彼女はいつまでも若くありたい。そして夫の求める「近代以前」の安息のなかにではなく「近代」の解放のなかに「楽園」の幻影を見ていたい。夫にとっては「出世」の希望と同時にout-castの不安と「他人」に出逢う恐怖を植えつけるものだった学校教育は、時子を「家」から解放し、「近代」に「出発」させてくれたものにほかならない。「近代」とは彼女の青春であり、いつか訪れる美しい王子であり、つまり幸福そのものである。その「近代」というstrangerがどんな顔をしているかを彼女は知らないが、知らないからこそ彼女はそこにあらゆる期待をこめることができ、逆に周囲の「近代以前」は彼女が知悉《ちしつ》したものだという理由で「恥ずかしい」ものとならざるを得ない。

（江藤淳『成熟と喪失』河出書房新社、一九六七年）

江藤は「近代」という可能性を開かれながら、しかし「家」のなかで早逝した「母」のなかに未完の女たちのビルドゥングスロマンを夢想したのであり、それは「近代以前」からの「母」の脱出劇であった。江藤が田中康夫や上野千鶴子や、最晩年にぼくに対して示した偏愛は、三人が共通して江藤のなかに潜む「女性たちのビルドゥングスロマン」への欲求という琴線に触れたからであり、もう書いていいと思うが、江藤の母について書いた文章に対し、江藤から「泣いた、会いたい」と論壇誌の編集者から連絡をもらったことさえあった。このような近代の可能性を無辜の女性たちに開こうとするセンチメンタルな近代主義を、ぼくは江藤の死後「少女フェミニズム」と呼んだのだが、それは村上や宮崎によって主題化されていたものと同質だ。

この「少女フェミニズム」は文学やアニメーションだけではない。かつてぼくは『少女民俗学』のなかで、アイドル産業の通過儀礼的構造の所在をひどく稚拙な形で示したが、それは結局、現在のAKBにいたるまで「少女のビルドゥングスロマンの観賞者」という奇っ怪な男性ファンのあり方を生む。

だが、彼らは男である自分たちの教養小説は頓挫させた。江藤の『アメリカと私』は海外の大学を「遍歴」し、そして「日本」を発見し戻ってくる教養小説としての枠組みを持っていた。しかし、アメリカからの帰国後、その「日本」が江藤の足場にならず、ぼろぼろと崩れていく様をどこに引っ越しても次々と「家」が物理的になぜか機能不全を起こして安全の地をどこにも見つけられずに転々とし、そしてついに「妻」を殴打した夜に親友の山川方夫が死ぬという「教養小説」の不成立そのものを『日本と私』のなかで江藤は描くのである。こういった教養小説の忌避という日本的伝統（つまり、教養小説がドイツ的伝統と主張されることへの反転として）が村上や宮崎の海外での評価の基調にあったが、同じ時期にそのふたりが教養小説的な物語を目論んだことは興味深い。

多崎つくるとヴィルヘルム・マイスターの遍歴

村上春樹の『色彩を持たない多崎つくると、彼の巡礼の年』（以下、『多崎つくる』）は、その題名からどうしてもゲーテの『ヴィルヘルム・マイスターの遍歴時代』（『ヴィルヘルム・マイスターの修業時代』の続編）を思い起こす。といってもぼくは大学時代、村松剛の講義でちらりとそのタイトルと内容を聞いた程度でしかなかったが。『ヴィルヘルム・マイスター』は教養小説の雛形といえる小説で、宮崎駿が『風立ちぬ』のなかで言及したトーマス・マンの『魔の山』でさえ、岩波文庫版の解説はその「もじり」と言い切っている。

一方、村上春樹の小説が「反教養小説」であることはその初期の段階から論じられていたことだ。最も早い村上春樹論の一つのなかで、四方田犬彦はそのことを正確に言い切っている。

困難の克服のすえに自己同一性を保証するに足るなにがしかの獲物を得て帰還する、という通過儀礼の物語はここにはない。『羊をめぐる冒険』は教養小説を根拠づける意味の体系が燃え崩れてしまった後に残された鉄骨の残骸であり、聖杯伝説に代表される探求の物語群の余剰物、澱、換言すればデカダンスである。

（四方田犬彦「聖杯伝説のデカダンス」『新潮』一九八三年一月号）

四方田のこのややネガティブな村上への指摘は、のちに末期の中上により肯定的な形で転用されるが、加藤典洋も同様に「最初から物語の空転をめざして書かれた、自分を否定する、教養小説」などとかつて評していたように思う。村上の小説を空洞の教養小説と捉えることは、いわば「定説」でさえある。だが、残骸にせよ、目論見にせよ、「反」教養小説として読まれてきた村上は、『多崎つくる』において、意図して、多崎つくるという

「マイスター」を「遍歴」させ、教養小説化を標榜するのである。「マイスター」とはドイツの徒弟制度における職人の最上位であり、つまりは「つくる」である。

多崎つくるは人生を順調に、とくに問題もなく歩んでいる。多くの人々がそう考えていた。名のある工科大学を卒業し、電鉄会社に就職し、専門職に就いている。

（村上春樹『色彩を持たない多崎つくると、彼の巡礼の年』文藝春秋、二〇一五年）

ゲーテの小説のヴィルヘルムは演劇界でいわば魂の修繕をするマイスター志願者である。『ヴィルヘルム・マイスターの修業時代』のラスト近くでは、〈塔〉なる秘密結社の神父から「修行」の終わりを告げる「修業証書」を授けられる。

村上の小説でもフィンランドの辺境の村で、「巡礼」は終わる。そこで主人公のつくる＝マイスターは、ビルドゥングスの終りをこう告げられる。

「ねえ、つくる、ひとつだけよく覚えておいて。君は色彩を欠いてなんかいない。そんなのはただの名前に過ぎないんだよ。私たちは確かにそのことでよく君をからかったけど、みんな意味のない冗談だよ。君はどこまでも立派な、カラフルな多崎つくる君だよ。そして素敵な駅を作り続けている。今では健康な三十六歳の市民で、選挙権を持ち、納税もし、私に会うために一人で飛行機に乗ってフィンランドまで来ることもできる。君に欠けているものは何もない。自信と勇気を持ちなさい。君に必要なのはそれだけだよ。怯えやつまらないプライドのために、大事な人を失ったりしちゃいけない」

（前掲書）

ここで主人公が「市民」として認知されたことは思いのほか、重要である。つくるは「市民」から近代社会の一員となるのだ。これは社会への着地を拒んできた村上の小説の主人公の成熟のあり方として大きな変化だ。

このように自己形成による教養小説的結末を村上春樹は何よりも拒否してきたはずである。だが、多崎つくるは「市民」となった。

村上の主人公はそれこそブリコラージュ的な職人として「市民生活」の一員となるのであって、その意味で『多崎つくる』は村上において一種の「転向小説」にほかならないことになる。

それでは村上がつくるの自己形成の終着点として不用意に差し出した「市民」とはいっ

たい、どのようなものなのか。

そのために、まず、この教養小説のなかに示された主人公の肯定のされ方を見てとる必要がある。

色のついた名を持つ友人に対して、色を持たない多崎つくるは「つくる人」としてその名からして実は特権的である。そのようなマイスター化が表向きの教養小説的構造であるが、しかし、同時にこの小説は多崎つくるの「冤罪」を自ら晴らすという奇妙な構成となっている。それが多崎つくるの「市民」化のための遍歴の目的にほかならない。

多崎つくるには色のついた名の友人がいて、つくるだけは名前に色がない。彼らはうまくやっていたが、あるとき、突然、仲間たちから排除される。


翌日の昼前に再び電話をかけてみたが、同じように全員が不在だった。彼はまた伝言を残した。もし帰ってきたら、こちらに電話をもらいたいと。わかった、そのように伝えると、電話に出た家族は言った。しかしその声の響きに含まれた何かが、つくるの心にひっかかった。

（前掲書）

このように突然、仲間たちはつくるをあからさまに避け始める。物語構造的に言えば、それが彼の幼年期の終わりの挿話であり、キャンベルの言うところの「冒険の召命」、主人公の旅立ちを促す「使者」の役割を友人たち、なかでも絶縁を告げるアオは果たす。それをきっかけに象徴的な死と再生を経験する。

死の間際をさすらったその半年近くのあいだに、つくるは体重を七キロ落とした。まともな食事をとらなかったのだから、当然といえば当然のことだ。小さい頃からどちらかといえばふっくらとした顔立ちだったが、今ではすっかり痩せ細った体型になっていた。ベルトを短くするだけでは足りず、ズボンを小さなサイズのものに買い換えなくてはならなかった。裸になると肋骨が浮かび上がり、安物の鳥かごのように見えた。姿勢が目に見えて悪くなり、肩が前に傾いて落ちていた。肉を落とした二本の脚はひょろりとして水鳥の脚のようだ。これじゃ老人の身体だ。久方ぶりに全身鏡の前に裸で立って、彼はそう思った。あるいは今にも死にかけている人のようだ。

（前掲書）

そこから「つくる」の身体の文字どおり「ビルドゥング」（形成）が始まる。これまで村上春樹の象徴的な死と再生は基本的に死者の国への単純な往復（これは『多崎つくる』では巡礼に変化する）や、代行してもらう父殺し（『ねじまき鳥クロニクル』『海辺のカフカ』）、「象徴的に犬の喉を切り裂く」（『スプートニクの恋人』）といった形で神話的行為によって描かれていた。しかし『多崎つくる』の特徴はこの引用部分に始まって、身体を「つくる」という描写が徹底してなされることだ。以下、そのくだりを羅列しよう。

この夢はいったい何を意味しているのだろう、と彼は考えた。予言なのだろうか。それとも象徴的なメッセージなのだろうか。それは何かを自分に教えようとしているのだろうか？　あるいは自分でも知らなかった本来の自分が、殻を破って外にもがき出ようとしているのかもしれない、とつくるは思った。何かの醜い生き物が孵化《ふか》し、必死に外の空気に触れようとしているのかもしれない。

あとになって思い当たったことだが、多崎つくるが死を真剣に希求するのをやめたのは、まさにその時点においてだった。彼は全身鏡に映った自らの裸の肉体を凝視し、そこに自分ではない自分の姿が映っていることを認めた。

（前掲書）

多崎つくるは徐々にまともな食事をとるようになった。新鮮な食材を買ってきて、簡単な料理を作って食べた。それでもいったん落ちた体重は僅かしか増えなかった。半年近くの間に彼の胃はすっかり収縮してしまったようだった。一定量以上の食事をとると嘔吐した。また朝の早い時刻に大学のプールで泳ぐようになった。筋肉が落ちたために、階段を上るのにも息切れするようになっていたし、彼としてはそれを少しでも元あった状態に戻さなくてはならなかった。新しい水着とゴーグルを買って、毎日千メートルから千五百メートルをクロールで泳いだ。そのあとジムに寄って、黙々とマシンを使った運動をした。

改善された食事と規則的な運動を数か月続けたあとで、多崎つくるの生活はおおむねかつての健康的なリズムを取り戻した。再び必要な筋肉がつき（以前の筋肉のつき方とはずいぶん違っていたが）、背骨がまっすぐに伸び、顔にも血色が戻ってきた。朝目覚めたときの硬い勃起も久方ぶりに経験するようになった。

（前掲書）

ここで「朝に勃起」することがわざわざ描写されることはいかにも村上春樹らしいが、文字通り、多崎つくるは一度、贅肉を削ぎ落とし、改善された食事と規則的な運動で肉体を改造するのである。

その結果、つくるは「少年」から「青年」に変わるのである。

国民的精神のビルドゥング

ここで一度、思い出さなくてはいけないのは、教養小説の始祖としてのゲーテが、生物学の領域で「形態学」についての膨大な著書を残していることだ。

ゲーテの形態学は以下のように説明される。

しかし、すべての形態、とくに有機物の形態をよく眺めると、どこにも持続するもの、静止するもの、完結したものが生じてこないことに気がつく。むしろ、すべてのものは絶えず揺れ動いているのである。それゆえドイツ語は、形成という言葉を適切にも、すでに生み出されたものについても、また現に生み出されつつあるものについても使うことにしているのである。

ゆえに、形態学というものを導入しようとする場合、形態という言葉は本来あまり適当ではない。それを用いる際にわれわれが考えるのは、せいぜい、理念、概念あるいは経験の中で瞬間的に保持されているものである。

形成されたものはすぐにまた変形され、自然の生きた観照にある程度まで達しようと思うならば、われわれはみずから、自然が示す例にならって、自分の精神を動的かつ形成的に保たなければならない。

（J・W・v・ゲーテ著／木村直司訳『ゲーテ形態学論集・植物篇』筑摩書房、二〇〇九年）

いかなる動物も自分自身の目的である。
それは自然の胎内から完全なものとして生まれ、完全な子供を生みだす。
四肢はすべて永遠の法則に従って形成され、
きわめて稀な形にも密かに原像が保持されている。

（J・W・v・ゲーテ著／木村直司訳『ゲーテ形態学論集・動物篇』筑摩書房、二〇〇九年）

生物の個体が、ゲーテが考える原生物・原植物（これを万能細胞の早すぎた予見と考えると誤読するので、注意すべきだ。むしろユングの「元型」か、キャンベルの「原質神話」にむしろ近い概念だ）が動物や植物の「身体」として形成（ビルドゥング）していくことと、教養小説（ビルドゥングス・ロマン）はゲーテのなかではパラレルな関係にある。ビルドゥングス・ロマンにおいて「形成」するのは「内面」「魂」であり、それは生物の形態がビルドゥング（形成）することを比喩として採用している。身体の「形成」は魂の形成のいわば比喩である。

だから教養小説では魂の「形成」（ビルドゥング）を描く。例えばロマン・ロランの『ジャン・クリストフ』のなかに以下の一節がある。

クリストフは皮膚が更《あらたま》りつつあった。クリストフは魂が更りつつあった。そして、幼年時代の消耗し凋《しぼ》みはてた魂が剝落《はくらく》するのを見ながらも、より若くより力強い新しい魂が生じてくるのを、彼は夢にも知らなかった。生涯中には人の身体が変化するごとく、人の魂も変化する。その変形は、かならずしも月日につれて徐々になされるとはかぎらない。すべてが一挙に更新する危機の時間がある。古い殻は剝落する。そういう苦悩のおりには、人は万事終ったと信ずる。しかもすべてはこれから始まろうとしているのである。一つの生命が亡びてゆく。がも一つの生命はすでに生れている。

（ロマン・ロラン豊島与志雄訳『ジャン・クリストフ』）

幼年時代の魂が消耗し、新しい魂が生じてくることを「皮膚が更りつつあ」るという身体の「形成」によって象徴させていることがわかる。あらゆる文学からのサンプリングであり、コラージュである（ぼくは村上のこのような手法そのものを全く否定しないし、ぼくもまたそのようにしか物語らない）村上作品にあって、この一節が『多崎つくる』の先に引用した描写の下敷きになっている可能性はあるが、ロマン・ロランが示した魂とその比喩としての身体のビルドゥングについての「ベタ」な描写を村上は少なくとも繰り返している。だがゲーテなりロマンにまで思い切ってさかのぼったとき、「身体」のビルドゥング（形成）はあくまで「魂」のビルドゥングの比喩であり、しかし『多崎つくる』のビルドゥングはもっぱら身体に限定され、もっとあからさまなボディ・ビルディング化していることがこれまでの引用からはっきりとわかるだろう。このような教養小説における魂のビルドゥングが身体のビルドゥングとより密接になり、場合によっては反転する事態は「健全な精神は健全な肉体に」というナチズムにも好まれたスローガンが象徴するところである。ファシズム下のドイツでビルドゥングス・ロマンがドイツ文学の「伝統的形式」と賞賛され、ドイツ精神への覚醒とヒトラーの戦列への加入の物語としてチープな形で量産されたことよりも、身体の鍛練が強調されてビルドゥングス・ロマン的人間像が「青年」の求められる姿になったことは重要だ。体育やスポーツがビルドゥングス・ロマン化するのである。

さて、多崎つくるは身体的ビルドゥングによって青年となったとき、それでは彼の「精神」はどうビルドゥングされたのか。

すでに物語の結末で、彼が参政権のある「市民」となったことを見た。「市民」と言いつつ参政権がさり気なく言及されている以上、それは「国民」にほかならないが、「市民」「参政」といった単語にかつての村上春樹のリベラルな印象の残滓を見て誤読すべきではない。

このような「保守化」はそれではいかにしてもたらされたのか。

いや、他にも彼が残してくれたものはある。多崎つくるという名前だ。東京の工科大学に進んで専門的な勉強をしたいとつくるが言い出したとき、自分の築き上げてきた不動産ビジネスを継ぐことに、一人息子がまったく興味を示さなかったことは、父親を少なからずがっかりさせたようだった。しかし一方で、つくるがエンジニアを志望することについては大いに賛同してくれた。そう思うなら東京の大学に行くといい、それくらいの金なら喜んで出してやる、と父親は言った。

（村上春樹『色彩を持たない多崎つくると、彼の巡礼の年』文藝春秋、二〇一五年）

自分が選んだ「つくる」という名前が無駄にならなかったことを、父親は喜んでいるように見えた。

（前掲書）

「つくる」という名は父が望む「つくる仕事」、つまりはマイスターになる、ということである。このように父の理念の継承者としての息子に彼は「成る」のである。つくるのことのような父の継承の挿話は父から「ホイヤーの自動巻腕時計」を受け継いだ挿話に見てとれるが、それは『ヴィルヘルム・マイスターの修業時代』における「修業証書」の授与のエピソードと対置していい。

ヴィルヘルムはすっかり驚いてしまい、父の声を聞いているような気がした。しかしそれは父の声ではなかった。彼は、いま見たものと思い出のために、混乱の極におちいった。

長く考えている暇もなく、神父《アベ》が現れて、緑の机のうしろに立った。「こちらへおいでなさい」と、彼は驚いているヴィルヘルムに呼びかけた。彼は歩み寄り、階段をのぼった。テーブルクロスの上に小さな巻物が置かれていた。「これがあなたの修業証書です」と神父《アベ》が言った。「心にとめておきなさい。重要なことが書いてあります」

ヴィルヘルムはそれを手に取り、開いて、読んだ。

（ゲーテ著／山崎章甫訳『ヴィルヘルム・マイスターの修業時代（下）』岩波書店、二〇〇〇年）

だが、それが父のごとき「神父」でなく、「父」その人から与えられることに、村上春樹の小説のなかにおよそこれまで登場しなかった「家」や「家の継承」という主題がどうしても見えてくる。「稼業」を直接継ぐわけでも「姓」を継ぐわけでもないが、父が「名」に込めた「精神」、つまり「名」というあらかじめプログラムされた「形式」に向けて精神を「形成」していく。ゲーテの考える生物学的ビルドゥングは、原生物が内在する力によって個別の生物に「形成」していくものだが、多崎つくるは「父」が与えた「形式」に向けての「形成」をおこなう。ファシズム下の教養小説は国家が青年の「形式」をあらかじめ示し、そこに向けてビルドゥングしていくのだとすれば、『多崎つくる』の教養小説としての性質がより明らかになってくる。

このように『多崎つくる』を「ファシズム下の教養小説」としてあえて読みとるという仮説に立ったとき、それでは彼が受容するのは「国民」にほかならない。そして、その「国民」としての精神とはどのようなものかが新たに問題となってくる。

再び小説のテキストに立ち戻れば、『多崎つくる』は表面的には現時点での恋人を自分がいかに欲しているかということにつくるが強く思いいたるという結末で、しかし、その選択権は恋人の側に委ねられる。

　エリはそう言った。彼女の言うとおりなのだろう。何があろうと沙羅を手に入れなくてはならない。それは彼にもわかる。しかし言うまでもなく、彼一人で決められることではない。それは一人の心と、もう一人の心との間の問題なのだ。与えるべきものがあり、受け取るべきものがある。いずれにせよすべては明日のことだ。もし沙羅がおれを選び、受け入れてくれるなら、すぐにでも結婚を申し込もう。

（村上春樹『色彩を持たない多崎つくると、彼の巡礼の年』文藝春秋、二〇一五年）

　これは上野千鶴子らの「男流文学論」的に言えば、君がセックスを望むならぼくはしないわけではないけれど、という村上の主人公に一貫した態度の延長でしかない。だが、こういったボーイ・ミーツ・ガールの物語は「見せかけ」であることは、身体と国民的精神のビルドゥングス・ロマンとしてこの小説がある、と考えたとき、明らかである。

歴史修正主義者と自己啓発書

あらためて、この小説の構成に立ち戻る。

ビルドゥングス・ロマンは、すでに見たように「無自覚な人間が自覚的な人間へと発展していく青年時代」と「変質や友情や危機や過ちを介しより成長する遍歴時代」の二つからなる。村上春樹の作品が通過儀礼的構造をキャンベルの援用によって初期の時点から内包していたことは幾度も述べてきたが、それは『ヴィルヘルム・マイスター』で言えば「修行時代」にあたる。村上春樹の小説は基本的にこの「修業時代」を描いてきた。それに対して『多崎つくる』はその題名が示す通り「遍歴時代」を描く、という趣向に表向きはなっている。だが『ヴィルヘルム・マイスター』が入れ子構造の多様な挿話からなるのに対し、『多崎つくる』はこれまでの村上作品と同様、最終的にはフィンランドという世界の果てへの旅が基本構造になっている。それでもあえて「修業」でなく「遍歴」と名づけることで村上なりの教養小説的な意味でのビルドゥングの完了形をもくろんだ、と考えられるかもしれない。色のあるかつての仲間たちのもとを訪ねていく「巡礼」については、これもゲーテがビルドゥングスロマンの「比喩」として残したその色彩論によってパズルゲーム的解釈もできるが、ここではしない。

むしろ問題なのはこれまで世界の果て、死者の国への旅において村上の主人公が試みたのは死者の救済や葬送であったが、『多崎つくる』では違うということだ。つまり、死者の魂を救うための英雄的冒険であったのに対して、「遍歴」は自身の魂の救済の旅である、ということだ。精神のビルドゥングを「肉体」あるいは父に与えられた「名」という、いずれにせよ「容器」や「形成」のうちを満たす形でおこなう教養小説である以上、それは当然なのである。

だが、その精神形成の巡礼の旅はつくるが自らの濡れ衣を晴らし、無辜であることを立証する旅にほかならない。それは教養小説における「形成」とは趣きを異にする。

つくるの側からしてみれば、突然、彼自身が理由もわからぬまま仲間から排除された。それが身体的なビルドゥングを開始するトリガーになるわけだが、「巡礼」はつくるの無罪証明のための旅である。精神形成が無罪証明にすりかわっているのだ。

つくるが仲間から不意に排斥されたのは、仲間の一人「シロ」という女性がつくるが自分をレイプした、と主張したからだ。

つくるの唇はとりとめのない形をつくった。「性的な関係？　まさか」

「シロはおまえにレイプされたと言った」とアオは言いにくそうに言った。「無理やりに性的な関係を持たされたと」

（前掲書）

そしてこのレイプについて、その詳細についてさえ「シロ」は虚偽の証言をした、と言う。

つくるはしばらく唇を噛んでいた。それから言った。「どんな風に僕にレイプされたか、シロは説明したのか？」

「ああ、説明してくれたよ。かなりリアルに細部までな。できればそういうことは耳にしたくなかった。（中略）」

（前掲書）

「シロ」はリアリティーを持たせるため細部を捏造したと「アオ」は証言する。だからシロの嘘を「アオ」たちは最終的に信じ、つくるを排除することで「シロ」に「同調」したという。

「なあ、つくる、おれたちだって、やはりショックを受けてとても混乱していたんだ。傷ついてもいた。誰を信じればいいのかもわからなかった。そういう中でまずクロがシロの側に立った。彼女はシロの要求どおり、おまえをいったん切ることを求めた。言い訳をするんじゃないが、アカとおれは勢いに押されてというか、それに従うかたちになった」
（前掲書）

つまり「シロ」の感情に「従った」のであって理性的に証言を判断したのではない、と弁明する。ただ、同調しただけなのだと。しかし、そう「アオ」が弁明しても当事者の「シロ」は死んでいる。それゆえ、つくるは自分への「誤解」を自ら解かなくてはいけない。それが仲間を廻る「巡礼」の目的となる。

「今となっては意味のないことかもしれないけど、僕としてはいちおう誤解を解いておきたかったんだ」とつくるは言った。「シロが何を言ったのかはしらないが、僕は彼女をレイプしたりしなかった。どんなかたちにせよ彼女とそういう関係を持ったこともなかった」

（前掲書）

そして、この「誤解」を解く「巡礼」は、実は「歴史」の比喩だ、とつくるは仲間の一人と話す。この不意ともいえる比喩からこの小説は読みとけるようにつくられている。

「なんだか、歴史の話をしているみたいだな」
「ある意味でおれたちは歴史の話をしている」

（前掲書）

つまり、この小説は「歴史」の捏造からなる冤罪を晴らすことの比喩として書かれていると村上は作中人物に代弁させようとする。だから、つくるは彼自身の正統性を「歴史」を比喩にして自ら擁護する、

「記憶を隠すことができても、歴史を変えることはできない」とつくるは沙羅の言葉を思い出して、そのまま口にした。

（前掲書）

では、この「変えられない歴史」とは何なのか。「アオ」との会話ではこう語られる。

「でもとにかく君たちはそのとき、みんなで僕を切った。すっぱりと、容赦なく」とつくるは言った。
「そう、そのとおりだ。それが歴史的事実だ。しかし弁解するわけじゃないが、そのときはそうしないわけにはいかなかった。シロの話はとても真に迫っていた。あれは演技なんかじゃない。彼女は本当に傷ついていたんだ。（中略）」

（前掲書）

つまり、つくるが仲間から排除されたことが「歴史的事実」であり、そして、それは「シロ」の証言が「真に迫っていた」からである、という。つまり「歴史的事実」とは、つくるの名誉が損なわれた、しかし、証言を信じざるをえなかった、ということになる。つくるが「シロ」をレイプしたことは歴史的事実ではない。だとすれば、この偽証の理由が次に明かされなくてはいけない。それがフィンランドにいる「クロ」のもとへの巡礼である。

そこで明らかになった真相はこうだ。

「彼女は精神的に、それくらい深刻な問題を抱えていた。そういうこと?」

「そう、精神的にそれくらい深刻な問題を抱えていた。はっきり言って、切羽詰まったところまできていた。誰かがあの子を全面的に保護しなくてはならなかったし、その誰かは私でしかあり得なかった」

(前掲書)

「シロ」はつくる以外の誰かからレイプされ、妊娠し、流産し、本当に「傷ついて」いた。つまりレイプそのものは「歴史的事実」であり、否定できないが、同時につくるがレイプしたわけでもないことも「歴史的事実」である。そして「シロ」がそのような証言をしたことは、彼女が「精神的」に「深刻な問題」を抱えていた、つまり正気ではなかったから「偽証した」のだ、という説明である。

そして仲間のなかで最も強く「シロ」を支持し、つくるを批判した「クロ」は最終的な「歴史的事実」をこう語る。

彼女はゆっくり何度か首を振った。「そのときには正直な話、とても説明しているような余裕はなかったの。『ねえ、つくる、悪いけどとりあえず君がユズをレイプしたことにしておいてくれるかな？　今はそうしないわけにはいかないの。ユズもちょっとおかしくなっているし、なんとかこの場を収めなくてはならない。あとでうまく処理するから、ちょっとそのまま我慢していて。そうだな、二年くらい』。そんなこと私の口からはとても言えない。悪いけれど、君は君で一人でやっていってもらうしかなかった。

（前掲書）

つまり「クロ」は「嘘」である「シロ」の証言を元に「つくる」を糾弾したのである。前に引用したつくるの「市民」としてのビルドゥングを告げる「クロ」のセリフはこの言われなき偽証を晴らす旅の最後に語られるものである。そして冤罪が晴れ、「つくる」という名の形式に「精神」が充填した、という結末になる。

フィンランドへの旅の帰路の以下の一節も引用しておく。

でもそれは正しい胸の痛みであり、正しい息苦しさだった。それは彼がしっかり感じなくてはならないものなのだ。

（前掲書）

ここで言う「正しさ」とは、「歴史」の真実を知った「正しさ」であり、その「正しさ」に襟を糺せ、と言わんばかりである。

すでにお気づきだろうが、ぼくはいささか、執拗に、そしてあえて恣意的に「巡礼」の旅でつくるが得たものを注視してみた。

なぜなら、このように要約したとき、そこにこの国の現在における「歴史修正主義」の「比喩」が成立してしまうことをやはり指摘しておくべきだろうと考えたからだ。それは村上が自らつくるの身に起きたことは「歴史」の比喩だと語っているからである。そうであるなら、それは具体的にどのような「歴史」の比喩なのか。当然読みとらなくてはならない。「つくる」が若い「シロ」を性的にレイプして傷つけた、という嘘の証言によって「仲間」から排斥され、あまつさえ、そのうちの一人「クロ」は嘘と解っていた「シロ」の証言を以て「つくる」を批判した。しかし「シロ」へのレイプそのものは事実でも、「つくる」がレイプしたわけではない。「シロ」が偽証したのは、精神が病んでいたもっぱる。

ら「シロ」の心のあり方の問題である。それが「つくる」が立証した「歴史の真実」である。

このように「巡礼」の旅をまとめ、そして「つくる」を「日本」、「シロ」を「アジアの従軍慰安婦」、あるいは近代史における「アジアへの植民地支配」、そして「クロ」を「朝日新聞」や「サヨク」に置き換えたとき、どのような一文ができあがるのか。韓国が慰安婦問題を糾弾するのは、もっぱら彼の国の国民性や被害者意識だという主張も、「シロ」の偽証がもっぱら彼女の精神状態に帰するロジックと同じである。それはこの国のいまや世論でさえある「歴史修正主義」そのものではないか。この小説は歴史修正主義への好意的な「寓話」なのである、と言わざるをえない。つまり、多崎つくるが巡礼の果てに獲得したのはこのような歴史修正主義者としての「精神」であり、その「正しい歴史」を受け入れることへの痛みに耐えていく、という結末は、教養小説的な物語の結末において、しかし何も獲得できず、その空虚さに耐えていた『羊をめぐる冒険』の「ぼく」とは正反対の現在の日本における「市民」の姿なのである。このようにいま現在のこの国の「国民」として自己形成したのであり、これはその意味で「国民小説」なのである。

ここで示した「読み」は恣意的で強引だ、と思われるかもしれない。だが『色彩を持たない多崎つくると、彼の巡礼の年』は肉体のビルドゥングのなかに精神を補填するビルドウングス・ロマンである。しかし、その「精神」はただの歴史修正主義者としてのそれにすぎない。

もっとあからさまに言う。

多崎つくるは、つまりは百田尚樹のたぐいなのである。

そのことは、村上に絡んでいるようだが、作中でこう語られていることには注意しておきたい。

「たとえ君が空っぽの容器だったとしても、それでいいじゃない」とエリは言った。「もしそうだとしても、君はとても素敵な、心を惹かれる容器だよ。自分自身が何であるかなんて、そんなこと本当には誰にもわかりはしない。そう思わない？　それなら君は、どこまでも美しいかたちの入れ物になればいいんだ。誰かが思わず中に何かを入れたくなるような、しっかり好感の持てる容器に」

（前掲書）

中身＝精神は不要であり、「からっぽの容器」であっていい、と作中でエリは言う。しかし、繰り返すが、その空虚さを半ば甘美なものとしつつ、それに耐え、通過儀礼の終わりを留保することが「日本型教養小説」であった。しかしここでは容器としての「美しいかたち」が重要だという。このように、フォルム（形式）の美を「内容」より優位に置くこの主張こそ、フォルマリズム（形式主義）であり、つまりはナチズムの美学に連続していくものであることは言うまでもない。この一節は、読み方によって村上春樹があらためて「文学」における「かたち」の美の追究者、つまり戦後文学であるならいまや三島由紀夫の列に加わらんとする彼の自意識が語られているようにさえとれる。

だが、三島における「形式」が徹底してただの「形式」であり、その「形式」の内側の「不在」というものに耐えるどころか、「形式」としての徹底のあまり「形式」として死ぬことから引き返そうとしなかったあり方と村上はやはり違う。村上の「形式」＝教養小説はひどく単純な歴史修正主義の寓意によって補填されてしまう。

ここまで記しても、このように『色彩を持たない多崎つくると、彼の巡礼の年』を歴史修正主義の寓話として読むことになお、抵抗のある読者は多いだろう。だがいったい、たったいま、歴史修正主義の「寓意」をこの国の現在の「文学」が少しも担っていない、と言えるのか。論じるのもバカバカしいが、カエルのソクラテスが「生まれた国を追われ」、「三戒」を遵守しようとする「ナパージュ」が「ウシガエル」の侵略によって滅亡し、「三戒」の過ちに気づき、さらなる巡礼の旅に出る、という2ちゃんねるに「小学生並み」とさえ書き込まれた百田尚樹の『カエルの楽園』の寓意はカエルが巡礼に出て歴史の真実に気づく点で『色彩を持たない多崎つくると、彼の巡礼の年』のいうなれば劣化版なのである。もっとも、この百田のわかりやすさは教養がなくても読めるという点で「無教養小説」だと言っていいのだが。

ただ百田のカエルは身体を鍛える（ビルドゥングする）わけでもない。その虚弱で体力のない教養小説のほうが、お腹が弱い安倍晋三を担ぐこの国にはふさわしい、ということにすぎない。

対して村上春樹は「ネトウヨ」の正体が実は「おたく」や「引きこもり」といったひ弱な人々ではなく、新自由主義経済下での「勝ち組」だといういくつかの指摘にしたがえば、「意識高い系」のための国民化教養小説、ということになるのだろう。

考えてみれば機能性文学が氾濫したあたりから書店や広告で自己啓発本が目立つようになった。

そのことと村上春樹の変容を重ね合わせてもいいかもしれない。牧野智和『自己啓発の時代』によれば、国会図書館で自己啓発書を含むタグである「人生訓」に分類される書物が九〇年代初頭の「失われた二〇年」以降、急増しているという。二〇一〇年以降も出版年鑑などに自己啓発書の出版点数の増加が示唆されている。自己啓発書は教養小説から表面上の物語を取り払ったものであり、自己啓発のブームの走りになった「人格改造セミナー」が通過儀礼の構造と同じであることは以前書いたことがある。つまり自己啓発書は構造しかない教養小説であり、教養小説からそれこそ「描写」を徹底して抜きとり、機能性のみに特化したもの、ということになる。そういえば自己啓発本を読む意識高い系は皇居の周りでマラソンをやっている身体のビルドゥング系のイメージがあるな、というのは偏見にしても、自己啓発本も新自由主義経済化での「ビルドゥングス・ロマン」の書である、ということができる。

そうするととうに村上春樹を読まなくなったかつての村上春樹の読者にかわって、いまの村上春樹をベストセラーにする読者の顔ぶれも見えてくる。しかしそれも「文学」の経済社会的要因への適応の一形式にほかならない。

なるほど、村上春樹は「教養小説」を「文学」が「自己啓発書」に手渡さない点でこの国の「文学」を守っている、ということになるのだろうが、むろん、これは「逆説」として言っているのである。

第八章　AI文学論

「物語るAI」の可能性

ぼくはおそらく自分としては最後の文芸批評となると考えていた『更新期の文学』において、この先、ｗｅｂ上で近代というものが再びやり直されるであろう、という予感を書いた。予感というよりそれはすでに起こっていたことであり、そのやり直しの対象のなかに近代文学もまた当然、含まれていた。ぼくはそれ以降、いまにいたるまで柳田國男に倣《なら》って近代をやり直すべきだと一貫して言ってきたが、正直に言えばその過程でいわゆる文壇的「文学」がどうなっていこうがそのこと自体はどうでもよかった。

ぼくはそもそも居直るようだが、一度も文芸批評を自ら望んで書いてはいない。一度目は中上健次、二度目は江藤淳の、ぼくの全く与《あずか》り知らぬところでの推薦によって文芸批評の原稿依頼を受け、確かに引き受けたぼくに責任はあるにしても、二〇〇〇年代初めにいたる文芸批評はぼくの仕事のなかでは余計な作業であった。ぼくが文学について望んで書いてきたものは、一つは「社会をつくる文学」を目論み頓挫した柳田國男について書くこと、もう一つは「物語のつくり方」についてであった。それは言うまでもなく異なる方向からの近代文学批判であった。

『物語消費論』がそうであったように、ぼくは「固有の名を持つ作者」に依らない文学を自明のものと考える点で、民俗学の系譜の末裔としてある。したがって「固有の作者」による「文学」や「批評」のほうがそもそも文学史において特異な現象である、ということはまず議論の大前提であった。そして柳田や折口、あるいは彼らの口承文芸論と同時代の知としてあったプロップらの物語の形態論は、物語という形式がいかに生成されていくかという視点を共有していた。同時にフォルマリズムは情報論の起源である以上、物語るという行為を一つの装置として考え直す、ということがぼくの関心事となった。だからぼくが一連の「物語論」でおこなったことは、誰でも物語る時代の予見とそこへの加担であり、それは人が物語る装置、エンジンとして物語論をいかに方法として内包するか、というツールづくりの関心だった。それを通して、人はいかにして物語る機械となりえるか、と問いかけてきた。そこには安田均が示したような神話製作機械、つまりコンピューターゲームとはすなわち物語る機械であるという黎明期のコンピューターゲームが見た夢の反映がある。[注20] ぼくは物語る機械をつくりたくてファミコンと呼ばれたコンピューターゲームに関わり、すぐに飽きた。神話製作機械という夢はそこでは共有されず、そこにできあがったのはメディアミックスのためのプラットフォームという考え方であり、それはすぐぼくには退屈なものとなった。だから物語を書けない人間にいかにして物語るエンジンを搭載して、誰もが作者になる時代に加担するかに関心がすぐに移った。それが一連の創作マニュアルである。それは言うまでもなく、結局は「作者の死」に加担することにほかならない。

正直に言えば、ぼくは批評的な議論としてでなく、歴史的現実として、「作者の死」を見てみたい、と思っていた。いまも思う。「文学は終わった」と批評で嘆くことよりも、本当に「終わる姿」を見てみたい。だからぼくは「物語る」行為をマニュアル化し、そしてそういったマニュアル化を徹底しておこなうことで、さていったい、そこに何が残るのか見せてほしいと「文学」に迫りもした。そして、いまやっとそういう「問い」が批評でも創作マニュアルでもなく、現実になる時代がすぐそこにやってきたと感じることができる。

それが本書のなかで繰り返し語ってきたＡＩである。

コンピューターに物語を書かせる試みは八〇年代までの物語論が、九〇年代以降の情報工学と結びつくことで、北米などで工学系による文学研究という形で継続されてきた。その時点で文体や文章レベルでは自動生成が可能で、ゼロ年代の半ばには夏目漱石の小説を覚えさせた人工無脳（つまりは漱石っぽく話す「シーマン」のようなもの）を二体つくって会話させるという院生の研究制作につきあって、ひどくおもしろかった記憶がある。二人の漱石が「ボケ」と「ツッコミ」をするのである。物語創作の支援アプリケーションをつくろうとして三〇ほどのＱ＆Ａリストでいい、ということになったのが「ストーリーメーカー」である、ということも以前に述べた。[注21] しかし物語をコンピューターに「教える」には、例えばプロップの三一の機能などの物語論が提示してきた構造がアルゴリズムのように見えなくもないが、しかしそのような情報論と物語論の「近似値」が実はむしろ問題である気がぼくはずっとしていた。

ぼくにはプロップやキャンベルやランクや折口信夫の物語論を援用して物語をつくれる、

注20　安田均『神話製作機械論』ビー・エヌ・エヌ、一九八七年
注21　大塚英志『ストーリーメーカー　創作のための物語論』アスキー・メディアワークス、二〇〇八年

といつも語る。しかし、それらの「構造」は、ほぼ似通った昔話や神話から導き出されながら同一ではない。分析者によってそこで示される神話の構造は微妙に異なる。それらの差異を分析の不徹底として受け取ったり、あるいは単純に地域間の文化の偏差として理解することは「神話の研究」という限定的な研究領域では意味があるが、物語構造モデルの一致を研究者間でみないということの理由としては、おそらく二つのひどく当たり前のことが考えられる。

一つは分析者もまた物語の受け手であり、受け手の物語への介入によって物語は初めて成立する、ということ。つまり、それぞれが同じ物語を分析しても実は違う物語を読んでいる。だから導き出せる構造に偏差がある。これは柳田の口承文芸論から現在のオーディエンス論にいたるまで少しも新しい見方ではない。

もう一つは物語の構造というのはもう少し曖昧なものである、ということ。この章ではこちらを問題としたい。ロシアフォルマリズムを出発点とする物語の形態学は、民話をアルゴリズムやフローチャートといった機械語に近い図式で記述しようとする試みに「見える」（図13、14）。

同じく日本の民話研究でも、リュティの紹介者である小澤俊夫が行きついたのは、例えば以下のごとき民話の数式的な記述（むろん、そこには「演算」はないが）である。

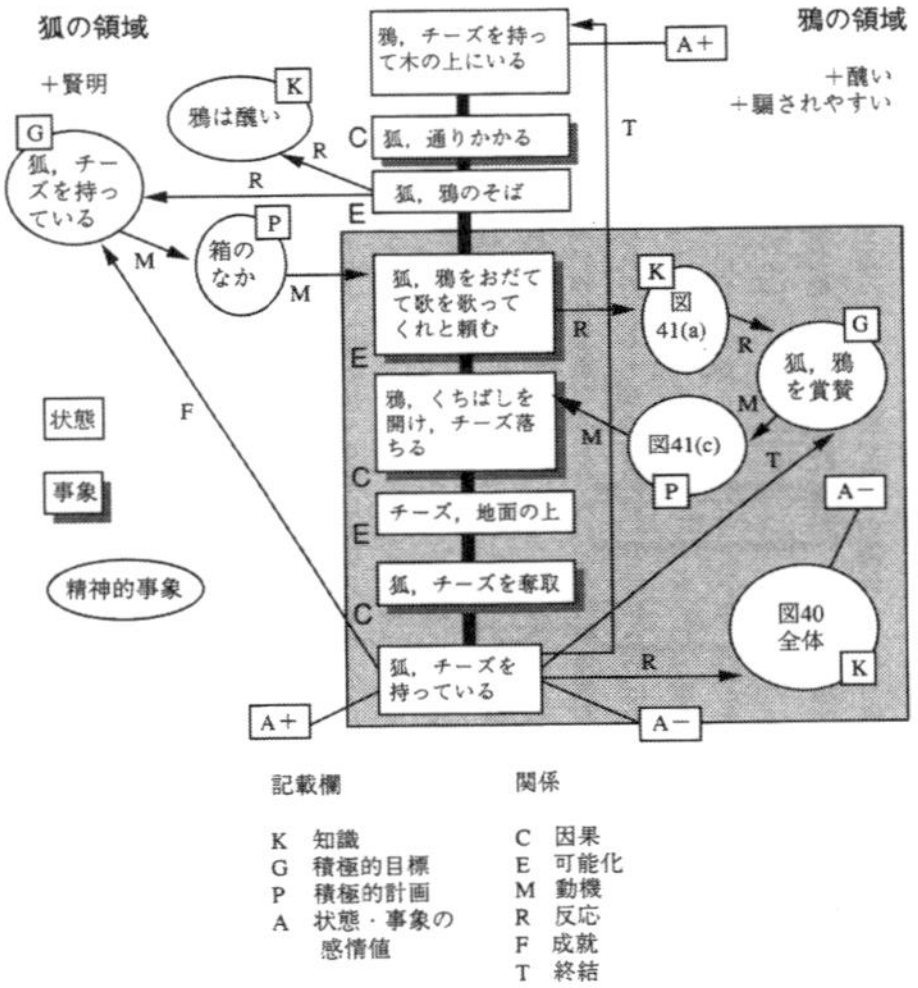

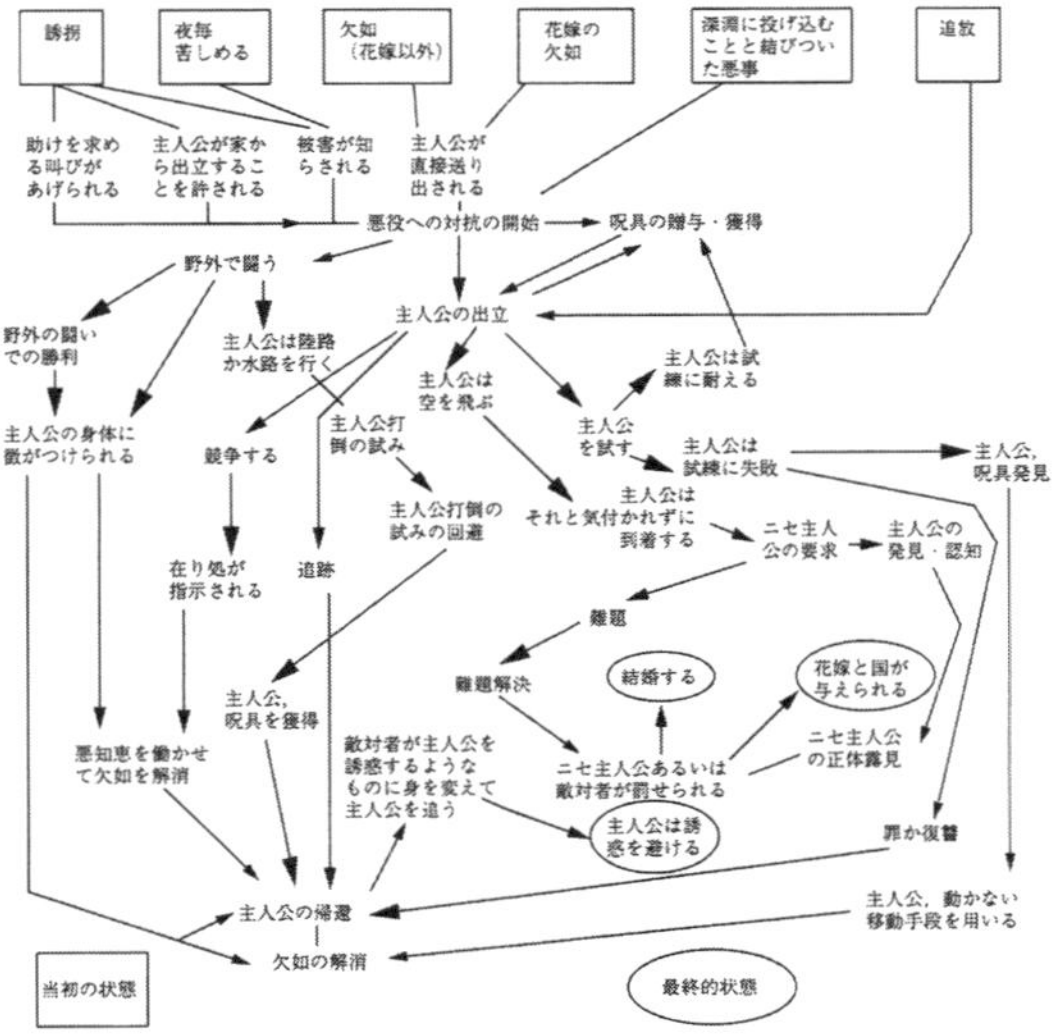

図13　再帰図表モデルによる「狐と鴉」——主図表
図14　ロシア民話生成のための状態移行図（Maranda 1983）
いずれもマリー＝ロール・ライアン／岩松正洋訳『可能世界・人工知能・物語理論』水声社、2006年、p.367、p.386より

STORY
　{
Motif-1
浦島太郎　＝　@海。近く。村
子供＊＊　いじめる　亀
浦島太郎　買う　亀　＜子供＊＊
浦島太郎　放す　亀　＞海

Motif-2
浦島太郎　釣りする　@海
亀　現れる　＜海
亀　言う　＞浦島太郎　（亀　＝　乙姫。使い）
亀　欲する　（浦島太郎　乗る　＞亀。背）
浦島太郎　乗る　＞亀。背　　＃目をつぶって
浦島太郎　到着する　＞竜宮城〉

（佐藤皇太郎・小澤俊夫（研究代表）「昔話記述言語（ＦＤＬ）の紹介・Ｉ」『昔話のイメージ３』昔ばなし研究所、二〇〇〇年）

こういった物語の人間による情報論的記述は、コンピューターと一件整合性があるように見えるし、一九九〇年代あたりの時点で北米の工科系の大学でおこなわれていたコンピューターに物語らせる研究[注22]はプロップ以降の物語論の援用にあった印象である。

だが、物語論にはもう一つの系譜がある。それは精神医学や臨床心理学の系譜である。そもそもランクがフロイドの門下生であり、日本では河合隼雄に代表されるユング派の臨床的な物語論、例えば箱庭療法において被験者が語る物語の解釈としての物語論があり、村上春樹が河合隼雄に接近したように、ユング派は疑似科学だという批判がある一方、創作者との相性がいい。キャンベルも実のところユング派に近い考え方で、それは彼の単一神話論が翻訳によっては原質神話論と訳されるように、物語の文法というよりあらゆる物語に成長しえる点で、ゲーテの原質生物と同じ概念であることからうかがえる。物語にある種の形式性を認めつつ、その元にあるのは「構造」のように厳格ではないものを想定し、

注22　マリー＝ロール・ライアン／岩松正洋訳『可能世界・人工知能・物語理論』水声社、二〇〇六年

かつ、その曖昧な元型からの「ビルドゥングス・ロマン」として、一人ひとりの語り手の物語が生成する、という側面に関心を寄せるユング派のほうが「作家」の実感に近いことは確かだ。

この物語構造の曖昧さについてだが、おそらくＡＩはこれから近い将来、この曖昧な物語構造をＡＩごとに見つけ出すのではないか、とぼくは感じる。

以下は、ぼくはＡＩについてのプログラミングの知識が皆無の状態であるという前提で聞いていただきたいが、素人なりにＡＩについての論文を読み、学会の発表のスライドショーをｗｅｂで見て、あるいはゲーム会社の下請けでブラック労働者であるかつてのぼくの教え子から大手Ｗｅｂ企業のＡＩ担当までというやや極端な振り幅の人々に教えを乞うなか、「素人」として見えてきたのは、ＡＩが自ら物語の曖昧な構造を見つけ出すところから、物語るＡＩは可能になるだろう、ということだ。

「小　説　っ　て　こ　ん　な　感　じ　？　」

星新一賞の第一次選考作品にＡＩが書いた小説がノミネートされたニュースでは、ＡＩが生成したのは「文章」の部分であるとされる。「文章」の自動生成はGoogleによるコンピューターの書いた詩や、それ以前にもう一〇年以上前のものになるが、エロ小説の文体の自動生成プログラム「七度文庫《なのたび》」（確か電子書籍でそのあとに公開したページを開く度に異なる文章がその都度、生成されるという、北米のマジックリアリズムのような小説にありそうな「本」がぼくにはおもしろかった）などがあるし（図15、図16）、北米でもシェイクスピアなどの文豪ふうの文章を生成するＡＩは多く研究されている。ＡＩの世界的権威らしいレイ・カーツワイルが率いるGoogleの研究チームは、日本でいう青空文庫に相当する著作権の切れた文学作品のデータベース、プロジェクト・グーテンベルク上にある「文豪」たちの小説をＡＩに学習させ、「文体」を作家別に生成する実験に成功している。

しかし物語るＡＩにとって問題なのは、「文」の上位にある「物語構造」をどう援用するかである。

ぼくがかつてマニュアルとして示した『物語の体操』や『ストーリーメーカー』は「構造」を与えて、その構造に「文」を肉づけするレッスンで、実際には人が物語る過程とは全く違う。それに英文法から英作文をおこなう作業と同様でおのずと限界があるが、自然に物語れない（つまりネイティブの言語を話すように物語れない）人間にはこういう「学習」が一つの方策だ、ということでしかない。

だが、ぼくたちが物語る際には、書き出した一行の「文」が、あるとき、不意に構造に向かっていくことがある。つまり「形式努力」を開始する。ぼくはメディアミックスの仕事の必要にせまられて小説を書くとき、実はプロットはつくらない。最初の一行から行き当たりばったりで書き出す。そしてたいてい破綻する。ぼくには「形式努力」の力がない。それがぼくの物語作者としてのまさに「才能」の問題だが、優れた（そして限られた）作家はそれで本当にうまくいく。ある「一文」が構造に向かっていく。あるいは構造に向けて舵取りをする「一文」というものが「ある」とぼくでさえ感じるときが「ある」。こう書くと「天啓」としか形容のないインスピレーションのことを言っているようで、もっともコンピューターから遠いもののように思われるが、むしろ現在のＡＩはその再現に向いているように思える。

現在のＡＩをぼくのような素人が理解するためにレクチャーしてくれた人々が持ち出してきてくれた例えの一つが、二〇一二年にGoogleがＡＩに猫を認識させた、という実験である。ＡＩに一週間に渡ってYouTubeを見せた（猫の写真とは限らない）、と当時の記事にはある。YouTubeからランダムにとり出した画像一〇〇〇万枚をＡＩに学習させたところ、「人間の顔」「猫の顔」「人間の身体」の写真に対する「人間の顔ってこんな感じ?・」「猫ってこんな感じ?・」「人間の身体ってこんな感じ?・」と言い出す。その「猫って

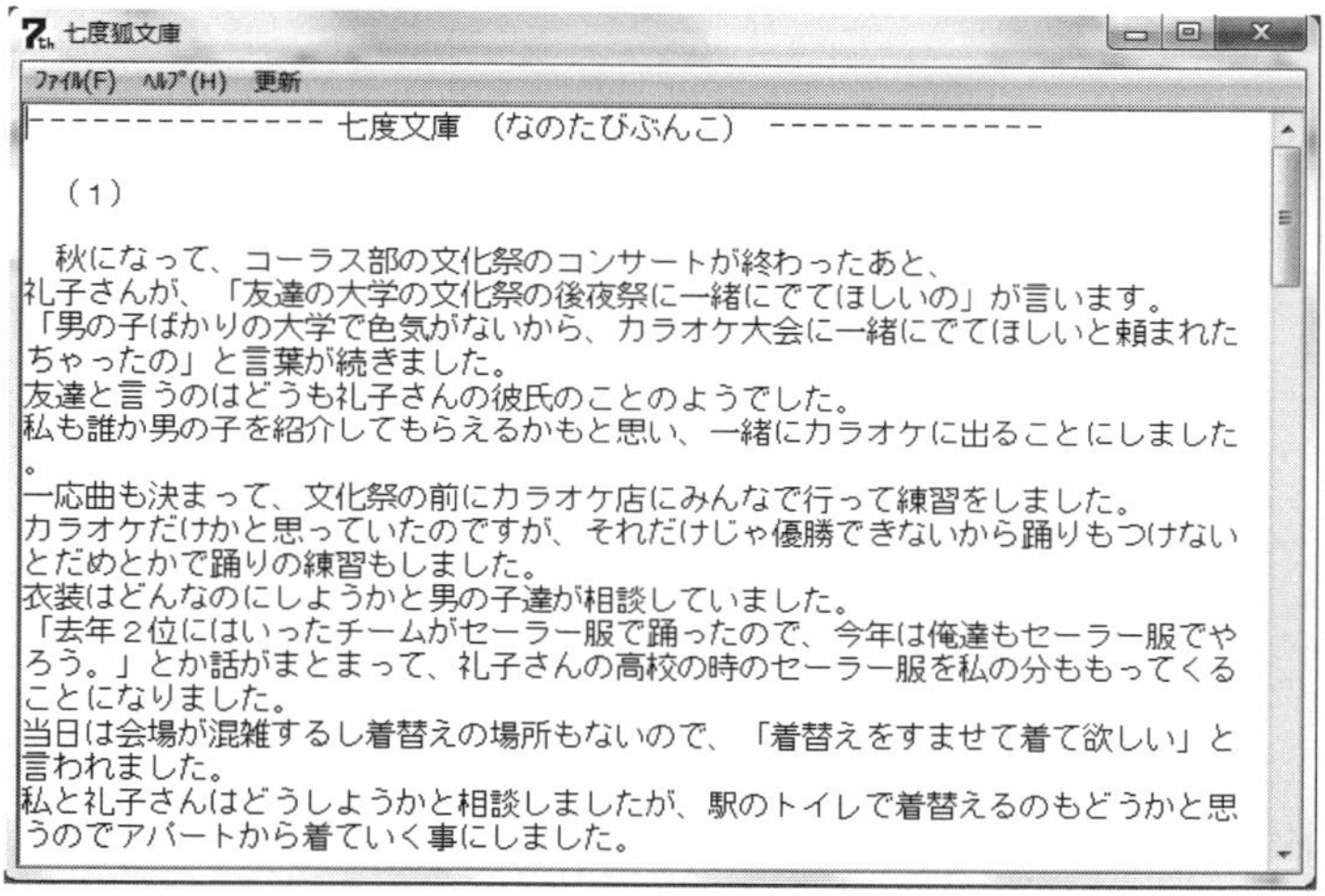

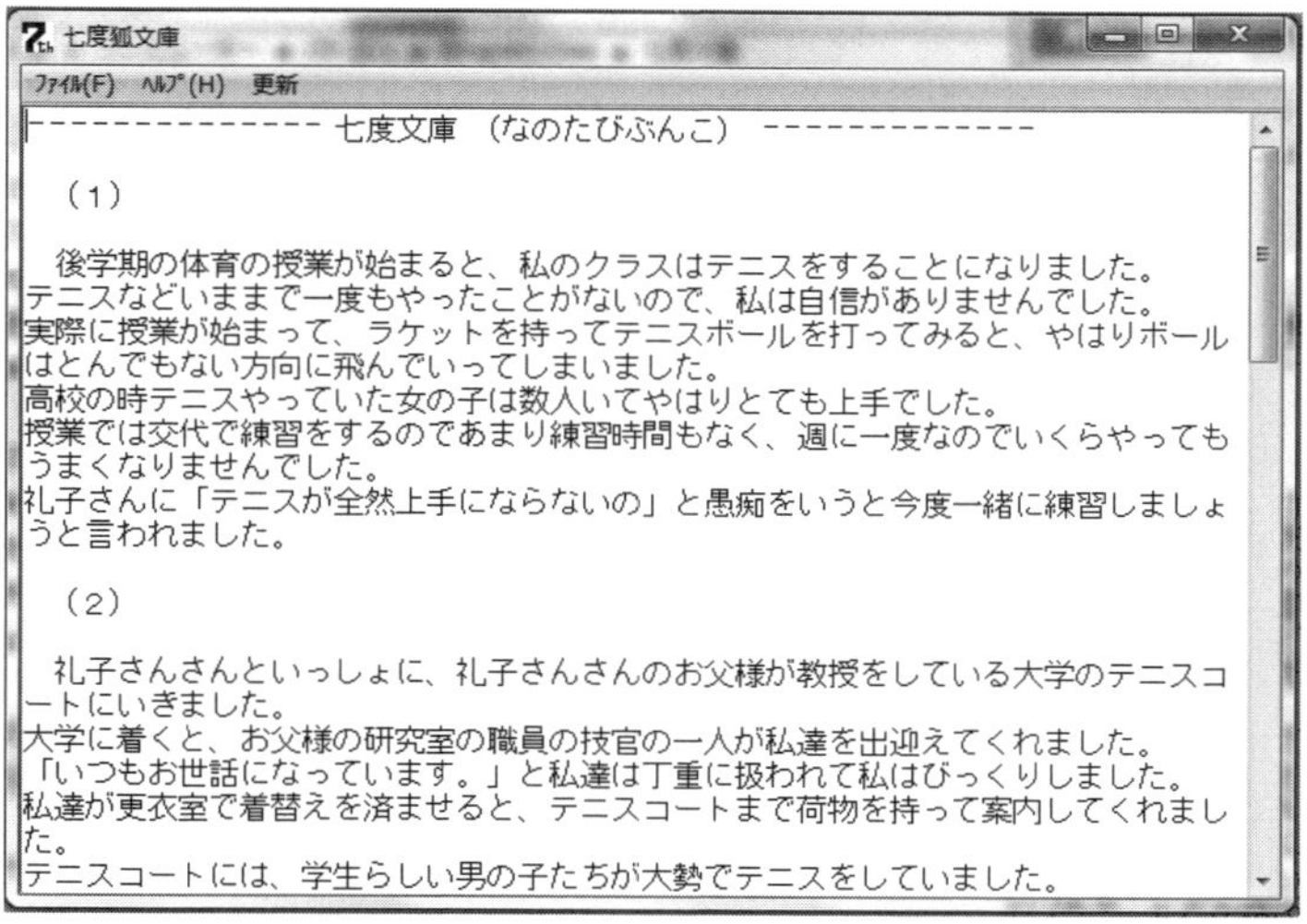

図15•16 プログラムを開くたび異なる官能小説が生成される「七度文庫」
（http://yuki-nanotabi.game.coocan.jp）

こんな感じ」が図17のようなもので、正確に言えば「こんな感じのもの」をAIは示して人間が、あ、それ猫ね、と教える、という手順である。この「こんな感じ」を「ニューロン」と人間の脳の神経細胞のネットワークに例える。画像だから画素のネットワークということになる。これがなぜ、画期的だったかというと、ここまでなら猫の画像上の定義を教える必要があったのに対して、膨大な画像データのなかから「こんな感じのがいっぱいあるんですけど」とAIが言い出して、「それって猫のことだよ」と人間が驚いて名前を教えてあげた。そんな流れのようだ。いったいどれくらいwebに猫の画像があるんだ、という驚きとは別に、「こんな感じ」という曖昧で、しかし汎用性のある情報の塊をAIは自ら見つける、ということが興味深い。つまり、この猫ニューロンはゲーテやキャンベルに喩えれば「原質猫」ということになる。

AIは「原質猫」を自分で学習した。だとすれば「原質物語」を見つけられないはずはない。

Googleが AIに二八六五作品の「ロマンス小説」を読ませて小説をAIにつくらせる実験では、(一万一〇〇〇作のあらゆる小説を読み込ませ、そのなかに二八六五作のロマンス小説と一五〇〇作のファンタジー小説が含まれている、というのが正確であるようだ)。ロマンス小説やファンタジー小説はいわゆる「ジャンル小説」で、物語やキャラク

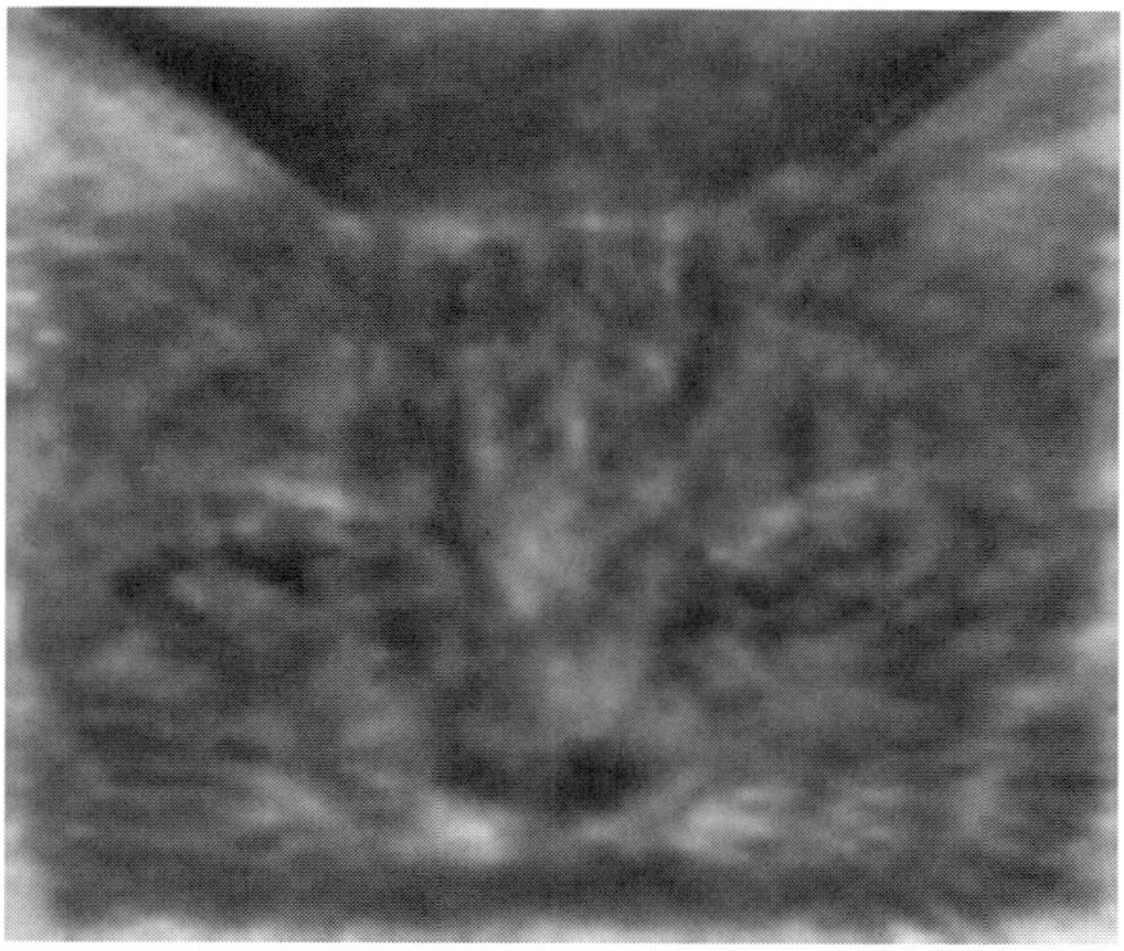

図17 GoogleのAIによる「猫」(https://googleblog.blogspot.jp/2012/06/using-large-scale-brain-simulations-for.html)

ター仕立てがより様式化されている。つまり同一の物語の構造を持ちながら表層的な「文」が異なる二八六五作のロマンス小説をGoogleはAIに与えて、物語の展開上で同一の意味を含んでいる文章(例えば、ヒロインを恋人以外の男性が誘惑するときのセリフ)の言い回しのバリエーションを学ばせ、おそらくはSiriのようなAIのリアルな会話に応用するのが短期的な目標のようだ。

しかし、多分、この作業は一つの過程にすぎない。

AIが「猫ってこれ?」と勝手に学習する仕組みは、ディープランニングというものらしい。それは「猫ってこんな感じ」の画像(ニューラルネットワーク)は層を成している。画像のエッジなどの局所的な特徴→パーツごとの「こんな感じ」→猫という全体としてのこんな感じ、と学習していく。「人間ってこんな感じ」も全く同じ手順で学習される。

これを小説に喩えれば、小説っぽい文ってこんな感じ→小説っぽいパラグラフってこんな感じ→小説ってこんな感じ、という形でより深く学んでいくことになるのではないか。Googleがより単純な形式を持ったジャンル小説を学ばせたということは、より「こんな感じ」を認識しやすい小説を与えたようにぼくには思える。Googleの実験は「小説の文の繋がりってこんな感じ」への過程にほかならない。

そうすると「小説ってこんな感じ」はどのように表示されるのか、そこのあたりの技術的な問題はさっぱりわからないが、二八六五作のロマンス小説のなかの文なりパラグラフが個々の作品を越えてなんとなくいくつかの「まとまり」に集積された「猫ってこんな感じ」の小説版がつくられるはずだ。例えばそのデータを小説の進行（全体の何パーセントのところに出てくるか）を横軸に、縦軸は頻度をとって一つひとつの文をグラフ上に配置していくと、「文」の塊がいくつかそこに出現しているかもしれない。それがもしかすると「原質物語」や「物語の構造」ではないのか。

可視化の手続きはもっと考える必要があるが、しかし、そういった「大量の小説を横断して得られた文やパラグラフの塊」からなる「ニューロン」がそこに現われているとすれば、それこそが物語構造なのではないか。

GoogleのＡＩは文から一連なりのパラグラフをつくることに成功している。そこから「構造ってこんな感じ」までは、もちろんＡＩの研究者にとっては多くのハードルがあるのだろうが、そう遠くない先でそれは可能になるというのはｗｅｂ企業の人と話してとてもリアルに感じられた。

しかし、そのとき出現するＡＩが学習した物語の構造は、プロップやキャンベルのそれとは少し似通っているのか、それとも全く異質の何かが「原質神話」として現われるのか、何よりぼくはそれが知りたい。

ｗｅｂにあった岡野原大輔のパワーポイント「一般向けのDeep Learning」[注23]でぼくが興味深かったのは、ＡＩの学習が「分野に依存しない様々な手法の適用」であるということ、そして「各領域の専門家による職人芸」をＡＩが自らおこなうという説明だ。分野に依存しない手法はあくまでプログラム上の情報処理の手法のことだろうが、ぼくは岡野原の説明から「物語論」の学問領域に限定されていない「物語」へのアプローチをＡＩが勝手におこなうのではないか、と予感する。つまりＡＩが批評の手法を自ら見つけ小説を「読

注23 岡野原大輔「一般向けのDeep Learning」http://www.slideshare.net/pfi/deep-learning-22350063

む」かもしれない、と。

だからＡＩが導き出した物語の構造はこれまでの物語論とは全く異質の要素からなる可能性さえある、とぼくは考えもする。いくつかの学問分野でＡＩが新しい発見をすでにしてしまったように、既存の学問の「思い込み」からＡＩは解放されているので、物語とは何か、小説とは何かという問いをより深く、あるいは全く身も蓋もなく（意外と「文学」はずっと「浅い」ものかもしれない）「学習」することになる。

ＡＩがもたらす「編集者の死」

さて「物語るＡＩ」の可能性について話を聞いていくなかで一番、短期的に実現できて実用性が高いとぼくが感じたのは、小説を「評価」するＡＩである。pixivなどの画像投稿サイトには膨大なキャラクターイラストレーションがある。そして、それは閲覧数によってランキングされる。これは実物を見せてもらったが、こういったサイトで新しく一点の絵が投稿されたとして、ではいったいどれほどの閲覧数を得るのかを予測するＡＩというのがすでにある。予想の閲覧数と実際の閲覧数はきれいな比例のグラフを描いているのである。つまり「投稿サイトでウケる絵ってこんな感じ」をＡＩが学び、それによって閲覧数（これくらいはウケるでしょ）を予測しているのである。閲覧数はｗｅｂの人々が考える「評価」であり、だとすればこのＡＩはキャラクターイラストを「評価」している、ということになる。キャラクターイラストに対する「好き」とか「いい」という「感情」の基準をＡＩは学習したのである。

ＡＩがウケるキャラクターイラストって「こんな感じ」と示す画像は「猫ってこんな感じ」と同一のもので、それは描き手や受け手がその絵のなかに見出す「固有性」とは違う水準にある。個人個人の「審美」が集積していくと、実はひどく身も蓋もない「こんな感じ」が顕わになる、ということがこのＡＩを見せてもらっておもしろかったが、これを「小説家になろう」や「カクヨム」などの小説投稿サイトに応用すればどうなるか。これらのサイトの投稿をビッグデータとして使えれば、おそらく批評するＡＩはつくれるはずだ。実際にＩＴ系企業の幹部に聞いたら「できる」との答えだった。

するとＡＩは「作者の死」をもたらす前に「編集者の死」をもたらすことになる。

ｗｅｂの投稿小説においては、ランキングの上位にくる小説が良い小説で、それが単行本化されベストセラーとなる。もはや編集者の仕事はそのランキングの上位者にメールを送ることでしかないが、iPhoneの最近の機能では、ＡＩがメールの文章を自動生成してくれる機能がつくというのだから、「なろう系」のランキングの上位者に自動的にメールを送ることぐらいSiriが冗談でなく「学習」してくれる。ぼくがこういう悪態をつくと、編集者は「編集者の審美眼」、つまり小説の善し悪しを判断する特別な力が自分たち編集者にある、と主張したがる。

だからKADOKAWAのラノベの新人賞には「編集者の講評」が賞を決めることが強調され、一次選考通過者には編集者の選評が届くというのが「売り」の賞もある。しかし、KADOKAWAに限ってもあいつらに小説の善し悪しがわかる、と言われても困る、という人々の顔がどうしても浮かぶ。だからといってユーザーの評価が公平かというと、「カクヨム」の新人賞に対して、評価するユーザーは全投稿作品を読んだわけでなく、しかし一本の小説も最後まで読まず「評価」して、それで賞を決めるシステムはおかしい、という至極当然の批判が「投稿」として掲載された。

編集者はランキングの上位をチェックするだけだが、しかしランキングのユーザー評が妥当とも言いがたい。

ならば、AIのほうが「公平」かもしれない、と考える投稿者もいるはずだ。すでに見たように、AIであればいままでのランキング上位を参考にしてより上位にくるであろう作品を予想することは可能である。KADOKAWAも「小説が読める」編集者の多くをリストラしたのだから、このAIを開発して、編集者という仕事そのものを消滅させればいい。角川歴彦はドワンゴと角川の「合併」のとき、これからは出版社は編集者の隣りにプログラマーがいる企業になると予見したが、そうではなく、編集者がAIにとってかわるのが来たるべき出版社のあり方というものだ。小説評価AIは小説の「おもしろい」「おもしろくない」を判断するレビュー的「批評」も代行できることになり、本屋大賞のかわりにAI大賞が近い将来運営されてもそれはSFではない。AIでもきっと百田尚樹を選んでくれるだろう。

こういった「批評」「評価」するAIは、小説を「つくる」AIと一対にして、「つくる」AIの生成した小説を「評価」するAIが判定し、フィードバックする対話をさせることで「AIの書く小説」は一挙に向上していくはずだ。例えば評価するAIに「ラノベ」ではなく「文学」を学ばせて、それを「ラノベ」生成の「AI」と繋いだら何か起きるのか。「ラノベ」のいいとこどりで延命したここ何年かの「文学」がそこに再現されるのか、案外、それ以上のものが生まれるのか。

しかし、強調しておきたいのは、そのとき、AIが「ラノベってこんな感じ」「文学ってこんな感じ」として示すものは、もしかするとひどく身も蓋もなく、作者にも批評家にも到底承知しがたいものである可能性が高い、ということだ。人間の審美がビッグデータになった瞬間、どれほど身も蓋もないのか、それが顕わになる。しかし、そうやってつくられたＡＩ小説が「文学とはこういうもの」という思い込みのなかで「職人芸」（いわゆる文学装置や文体）や「分野に依存」（文壇）してつくられる小説の枠を躊躇なく超えることはありえる。それは旧「文学」から見れば異化作用や脱構築に見えるかもしれない。そして、そうすることにＡＩに「ためらい」はないし、おそらく「異化」も「脱構築」も所詮は順列組み合わせやネットワークの「崩し方」のセオリーにほかならない。

しかし、ＡＩには「人格」がないではないか、という奥の手ともいえる反論が最後に用意されるだろう。ＡＩには魂がない、心がない、とまるでかつてアトムに向かって天馬博士がぶつけた憤りしか私たちに反論の余地は残っていない。だが、私たちは人工無能やｂｏｔにさえ「人格」を見ていることはすでに指摘してきた。アップルのコンピューターをマイクロソフトが圧倒的な優位のなかで、マニアが支え続けたのは、いまでは表示されなくなった「困った顔」や「爆弾」のアイコンに「人格」を感じたからではなかったか。解釈し、受けとめる側によって初めて小説が生まれるのだ、という「読者論」が仮に正しいなら、読者がそれを「小説」と見なせばそこに「作者」もまた現われるのである。

このようにして、ＡＩが小説を書き、批評し、編集することで、作者も批評も編集者も「死ぬ」。では「読者」は残るのか。

ぼくは第一部で、ｗｅｂは私たちすべてを作者とした、と記した。そして「フリーレイバー」という新しい労働問題を指摘した。だが、フリーレイバー的創作の相当部分がすでにＡＩが代行できるようになっている。Twitterのつぶやきをするｂｏｔ、ニコ動のコメントを自動生成するＡＩは本当にある。イラスト投稿サイトの投稿に対してＡＩがあらかじめ結果を示すだけでなく、上位にくるイラストを「こんな感じ」と表示できるレベルはいまある。少し検索すれば三〇万枚のキャラクターイラストを学習させていき、三〇分後、二時間後、一カ月後と学習が進むにつれて生成されるイラストの水準がどう変化するかという報告をｗｅｂですぐに見ることができる。ロゴ自動生成アプリも無料ダウンロードできる。だとすれば「作者化したユーザー」も論理的に不要になる。

　結局、私たちはｗｅｂ上を無為に生きる限り、ＡＩのためのビックデータをひたすら「投稿」する存在につくり変えられていくほかない。

　むろん、当面は「作者」も「編集者」も「批評」も消えない。しかし、コンピューターが将来、奪うであろう仕事のリストにこれらは加えられるべきだろう。そして文学者はＡＩの開発者やプログラマーとしてこの先は生きていくことになる。これまでならそうなるにはブレイクスルーなり、シンギュラリティといったＳＦめいた「未来」を想起しなくてはいけなかったが、Googleの日々更新されるＡＩ関連のニュースを見ていると、そう遠くないどころか、これからひどく自然に私たちの生活に入り込んでいくことになる。

『2001年宇宙の旅』で描かれた人工知能HAL9000は遠い未来のことであったが、私たちはSiriを搭載したiPhoneをさして気にもせず、ポケットに入れているではないか。だとすれば、Siriに「お話を聞かせて」と語りかけたとき、あのイライザとの物語をただ繰り返すのではなく、私たち好みに応じたお話を語り聞かせてくれる（おはなしの「文」が途切れてしまった時点で、作中のキャラクターを名指して「△△はどうなったの？　死んでしまったの？」と問うことで、再び自動生成が始まる対話型語り聞かせAIはいまでもそう難しくないだろう）日は遠い未来でもなく、もうそこまでやってきている。私たちには物語ってくれるのがSiriなのか「りんな」なのか他のAIなのか、その程度の選択しか、もはや残っていない。

このように「近代文学」を支えた作者も読者も批評も編集も、い、い、い、もう本質的には死んでいる。

それは比喩ではない。

そのことに気がつくべきだ。

本当にポストモダンというやつがやってきてしまうのであれば、「文学」の終わりややり直しについて話すことの意味もまたなくなる。たぶん、この本そのものがもはや存在する意味がない。

「感情労働」だけでなく私たちの「私」や「感情」はＡＩにすべて代行される。そうやって「感情」化社会を終らせる術さえある。

なんだかそう書いた瞬間、ひどくぼくは心地良い。

そのとき、ああ、ぼくは「文学」に関しては心底、ポストモダニストだったのだな、と思う。

あとがき　歴史のシンギュラリティーに向けて

ぼくが文芸批評としては「前作」である『更新期の文学』で記したのは、ｗｅｂ上で近代、特に近代文学的なもののやり直しが進行しているのではないか、ということだ。日本の近代文学が投稿雑誌という投稿空間への無名の投稿によってなされ、それは膨大な「話すように書くこと」（言文一致）の表出として現れ、その文体が可能にしたのはひどく不安定な「私」を「私」という一人称で語ることだった。などと書くと柄谷行人のようだが、その「私」は「他者」と衝突し、そして「社会」を実感していく。そちらは江藤淳が言ったことだ。その近代文学というより近代を生きた人間たちが辿った筋道がｗｅｂで万人に繰り返されている。つまり「文学」という特権的な場でしか試みられなかった経験が普遍化して提供されている。その近代のやり直し、つまり更新の機会を逃すべきではない、ということが、ぼくがあの本で主張したことだ。

そこでは不徹底に終わった近代の徹底としてｗｅｂ上で「やり直し」を位置付けていくことがぼくの立場だった。発言や参加の権利がｗｅｂによってより広く担保された点で、近代の不徹底の要因のいくつかはとり除かれたように思えた。

だが、今、私たちの目の前にある歴史的局面は、ただ「やり直し」として単純に捉えうるのか。それが本書を書きながら一貫してあった懐疑である。ぼくはここで例えば、日本の政治状況がかつてのファシズムの亡霊の復活として再来するかもしれないという歴史的反動を危惧するのではない。何故なら、日本においても北米のティーパーティーもヨーロッパの極右もかつてのファシズムの「やり直し」としてはあまりに陳腐ではないか。日本の安倍晋三や北米のトランプをヒトラーと揶揄する風刺画やコラージュを目にすることもあるが、しかし、彼らのプロパガンダの手法は一体、ナチズム化のゲッペルスたちほどにさえ「洗練」されているだろうか。日本ではファシズム下の大衆煽動のために大正アヴァンギャルドの美術家たちを動員し、つくり出された美学や方法が戦後の日本の映画や写真やデザインや文学や、そして「おたく文化」の基調をつくり出したことについては、来年、若い研究者たちと論文集を予定し、そこで立証するが、現在の安倍政権にはそのようなファシズムのもたらす美学的達成などは全く見られない。だからといって、それはポピュリズムであり、大衆の無知のもたらしたものだ、あるいはファシズムの劣化版だと知性の側から「批判」することは有効でない。

今起きつつある事柄を本書は、暫定的に「感情化」というわかり易いキーワードで説明しようとする。ぼくは自分に不似合いなマルクス主義的な言い方や、アダム・スミスさえ持ち出してそれを試みたが、ぼくにはそのような説明は実のところ「停滞」のようにどうしても思える。あるいは本書で批判した、社会学的ポジショニングの域をどうしても出ないとも。それよりも、ぼく個人の関心は「今」の説明でなく、これから起きることへの予感の言語化のほうに実はある。しかしそれを未だぼくも言語化できないまま、本書は後半、ＡＩによる近代的個人の消滅に向けて議論を進めていくが、その「先」でこそ、果たして「文学」や「批評」は、あるいは「個人」や「社会」や「国家」や「天皇」は、成立可能なのか、そのことが今、あるいは既に問われているように思う。

だから、これから起こることにぼくは同意も支持もできないが、この「やり直し」において始まりつつある不合理な選択は、その収斂の先で「歴史」を不意に違うものに変えてしまうのではないかという予感には忠実でありたい。歴史修正主義者の主張は科学的でなく、合理的でもない。だから、その政治的主張に少しも同意はしない。しかし、歴史修正主義という語がまさに示しているように、それもまた歴史の「やり直し」であり、そして敢えて言うが、それは「歴史」というあり方そのものの「再帰」なのかもしれない。だとすれば、そのことをいかに理性的に受け止めるかが重要になる。

ぼくにはこの「やり直し」「ループ」の先に、つまりｗｅｂ上で再帰的に繰り返される

「文学」ないし「近代」に、歴史の臨界点のようなものがいずれ現れるのではないか、と感じる。あるいは既に訪れている、とも。

ぼくは、本書では触れなかったが、ポストモダニズムが歴史の終焉を喜々として語り始めた八〇年代に文学やサブカルチャーの領域で「再神話化」、つまりサーガの復興が起きたことをここ幾年となく問題として来た。[注24] 日本においては、サブカルチャーの引用からなるフェイクヒストリー的サーガで現実の歴史を乗り越えようとした、いわば「歴史の入れ替え」のクーデターであったオウム真理教事件、世界史的には、9・11後イラクへの多国籍軍進行をＦＯＸ-ＴＶが「十字軍」と形容した瞬間、歴史は、再神話化した、といえる。

歴史もまたそのようにして再帰的なループに入ってはいないか。ぼくには、八〇年代からこちら側、歴史も文化もただ再帰的にループしているように思えてならない。二〇〇〇年以降、「ループ」を主題としたサブカルチャー的表現が濫乱しているのも私たちが再帰のループに入りつつあることの素直な反映だったのかもしれない。そしてこのループは、ぼくにはまるでＡＩにおける深層学習の比喩のように感じられるのだ。

深層学習を始めることでＡＩは自身のプログラムを再帰的に書き換えていけるようにな

注24 http://www.japan-studies.org/Conference-Proceedings-2015-ol-III.html

った。ＡＩは自分自身をより良いものに書き直していく。二〇〇〇年代に入って大江健三郎が、続いて庵野秀明がいわば再帰的に自身の作品を含む形で、文学やアニメーションそのものを書き直していったように（村上春樹にさえその「意図」は感じられた）、私たちはいまやｗｅｂ上で、意図せずして「歴史」や「社会」や「国家」や「個人」や「文学」などと、任意の名で呼ばれた近代的な諸概念を書き直しているのだと考えてみよう。本書でいう「感情化」とは実は、そのような局面の訪れをいうのではないか。つまり、本書を書く中でぼくが感じた停滞感やいらだちは、本書が未だ再帰のループのなかにあるからだ。

だからこそ、いささかＳＦめいているかもしれないが、その書き直し、やり直しの果てに現れてくるのは何らかの臨界的な閾値《しきいち》ではないかとぼくは考えてみる。つまりそこでＡＩにおける「知能爆発」、つまりシンギュラリティを比喩として持ち出したい誘惑にかられるのだ。歴史という概念の進化そのものが、シンギュラリティにさしかかっていることをｗｅｂ上での近代の反復や再神話化という、やり直し／反動／停滞／ループからむしろ連想すべきでないか。

シンギュラリティはレイ・カーツワイルの科学技術が指数関数的に加速していくというモデルに基づくが、それは「歴史」という認知に当てはめれば、それ自体の「進化」が再帰的な書き換えとしてｗｅｂ上で急速に進行していて、何か違うものへと「変化」しようとしている局面として理解できる。それが「反知性主義」などといった、旧「合理」、旧「近代」の側からの批判そのものを無効にはしていないだろうか。世界各地域で同時に進行する非合理な歴史的選択は、もはや歴史が歴史の形を維持できないものへの移行を意味してはいないか。

無論、「現実」は指数関数に進化する数学的空間ではないから、歴史という認知そのものがシンギュラリティを迎えるというのはあくまでも比喩に他ならない。しかし、重要なのは再帰的近代というループの果てに、近代的な知性や合理主義による合理化が不可能な場所が、西欧社会の内部にも外部にも同時に現れた、ということである。だからこれは歴史の「グレイ・グー」の始まりではないのか。そう不用意に、比喩してみる。

「グレイ・グー」は、言うまでもなく、シンギュラリティのあとの光景としてフィクションでしばしば描かれるものだ。ナノマシンの自己複製という再帰の果てに現れるのがグレイ・グーである。

Wikipediaは「グレイ・グー」をこう定義する。

炭素やケイ素を主要な素材として、自己複製するナノマシンがあるとして、もしそれが、自己複製時のプログラム・エラーなどにより暴走した場合、これらの増殖が止まらなくなる可能性もある。ナノマシンは幾何級数的に個体数を増やすため、数時間のうちに地球全体がナノマシンの塊である「グレイ・グー（Grey goo）」に変化してしまうとされている。

さて、これは、一体、いかなる歴史的局面（それでも私たちは歴史的であるしかない）の比喩として受け止めうるのか。

ポストモダンや脱構築といった生易しいものではないだろうことだけは何となくわかる。カタストロフィーとも違うだろう（別にぼくは終末論を語るつもりはない）。

そしてそこで、私たちにいかなる「批評」が可能なのか。

それはそもそも「批評」の形をしているのか。ぼくが、本文のなかで、批評はアプリの形をとるかもしれないと言っているのは、決して思いつきではない。

だからこそ、私たちはまだ近代をやり直しうる余地がわずかにでも残っているのだろうかと問わずにはおれない。本書は出版社からは「現在」の文学なり社会なり政治への「批評」が求められ、書き下ろされたが、それはもはや不可能ではないか、という「感情」をぼくは拭えず、今はそれでも「理性」、すなわち「批評」で対峙することしか、旧世代のぼくに示せるものはないのである。

そのような本書を書くために太田出版の綿野恵太さんは、比喩でなく山ほどの現在の文学やそうでないものを届けてくれた。それらが何なのか、と彼は一貫して問い続けてくれ、それらの多くには目を通したが、本書ではほとんど言及しなかったことを申し訳なく思う。しかし、そのような、強制的深層学習の結果、導き出された「いまってこんな感じ?」の一つが本書の書名となった「感情化」というイメージだった。そして、長く仕事をして来た落合美砂さんは、その「感情化」という語に、彼女にしては珍しく、ひどく「拘泥」(それはこの「ループ」への例外的な抵抗策だ)した。彼女がそこまで言うなら、それは考えるべき問題なのだろうと思い直し、それが、結果として、冒頭の天皇の「お気持ち」問題への長いエッセイを初校の出たあとに、書き上げる動機となった。昭和天皇の死の直前に書いた、ぼくの最初の天皇論である『少女たちの「かわいい」天皇』を「やり直す」ものになったと思う。だから、皮肉でなく、それらの抑圧は、この国の「現在」にすっかり関心を失くしていたぼくにとって、ありがたかった。本書が、少しはましな再帰的批評たりえたとすれば、彼らのおかげである。

感謝します。

大塚英志 おおつかえいじ

一九五八年生まれ。まんが原作者、批評家。本書に関わるまんが原作としては、山口二矢、三島由紀夫、大江健三郎らをモチーフとした偽史的作品『クウデタア2』(http://comic-walker.com/contents/detail/KDCW_OE00000001010000_68/)、本書に関連する批評として、『物語消費論』『サブカルチャー文学論』『少女たちの「かわいい」天皇』『キャラクター小説の作り方』『更新期の文学』『公民の民俗学』などがある。

感情化する社会

二〇一六年一〇月九日　初版第一刷発行

著者　大塚英志
ブックデザイン　鈴木成一デザイン室
発行人　落合美砂
営業担当　向井美貴
発行所　株式会社太田出版
〒一六〇-八五七一 東京都新宿区愛住町二二 第三山田ビル四階
電話〇三-三三五九-六二六二 FAX〇三-三三五九-〇〇四〇
振替 〇〇一二〇-六-一六二一六六
ホームページ http://www.ohtabooks.com/
印刷・製本　株式会社シナノ

ISBN978-4-7783-1536-8 C0095